CW00767595

ROLI

EMILY HUWS

Argraffiad cyntaf—2000

ISBN 1 89502 924 8

Cyhoeddwyd dan gynllun
Comisiynu Cyngor Llyfrau Cymru.

Dymuna'r cyhoeddwyr gydnabod cymorth
Adrannau Cyngor Llyfrau Cymru.

Argraffwyd gan
Wasg Gomer, Llandysul, Ceredigion SA44 4QL

1

'ROLI!' sgrechiodd Aaron. 'ROLI!'

Saethodd allan o'r llofft gan droi ei gefn ar y ffenest. Drwyddi, er ei bod yn berfedd nos, roedd wedi gweld popeth yn glir gan fod y tân anferth tu allan wedi goleuo pobman. Yn sydyn, sydyn, cyn gyflymed â'r fflamau'n saethu i'r awyr tu allan, fflachiodd dau gwestiwn ar draws ei feddwl:

Pam roedd Kieran yn gwenu ei hen wên sbeitlyd?

Pam roedd Kieran a Liam, ei frawd, wedi bod allan o'u gwelyau?

Choeliai o ddim fod y ddau wedi bod eisiau mynd i'r toiled ar yr un pryd. Ond doedd ganddo ddim amser i feddwl am y ddau hen sinach bach gwalltgoch oedd yn rhannu llofft efo fo.

'Roli!' meddai drosodd a throsodd a'r sŵn crio yn mygu'i lais, y dagrau'n llifo i lawr ei wyneb. 'ROLI—ROLI—ROLI!'

Doedd fawr o olau ar y landin, y bwlb wedi torri, mae'n debyg, a neb wedi trafferthu i'w newid. Pawb yn disgwyl i rywun arall wneud. Baglodd ar draws ei draed ei hun. Roedd y car ar dân—yn wenfflam—a Roli, ei gi, i mewn ynddo. Rhuthrai Aaron i geisio'i achub, gan anwybyddu'r llais bach annifyr yn ei ben yn sibrwd '*Rhy hwyr, rhy hwyr . . .*' Roli, ei ffrind gorau. Roli, efo'i flew meddal a'i dafod ffeind, ei gynffon groesawgar a'i lygaid bywiog. A'r peth *dychrynllyd* oedd mai fo, Aaron, oedd wedi ei adael yn y car. Wel, y fo a Steph ei chwaer. Byddai'n well petaen nhw wedi gadael iddo fynd i gartref cŵn, er y bydden nhw wedi torri'u calonnau ac yn gwybod y byddai yntau'n hiraethu ac yn dihoeni yno. Rŵan, sylweddolai mai *nhw* oedd wedi ei adael yn y car i gael ei losgi'n fyw . . . Cododd y cyfog i'w wddw. Cafodd ei ddallu gan ei ddagrau. Llithrodd a baglu ar ben y grisiau a theimlo llaw yn cydio yn ei fraich. Clywodd, drwy ryw fath o niwl, lais yn dweud, 'Aros! Aros am funud bach!'

Ysgydwodd ei hun yn rhydd yn ddig. 'Gad lonydd imi, Steph . . .'

Ond roedd ei chwaer wedi agor drws y cwpwrdd o dan y grisiau oedd yn mynd i'r atig ac yn hanner ei wthio, hanner ei dynnu i mewn . . . ac roedd rhywbeth yn wlyb ar ei fraich . . . ac ar ei wyneb.

Doedd Steph ddim yn gwybod peth mor *ofnadwy* oedd wedi digwydd. Ac roedd yn rhaid iddo ddweud wrthi. Roedd hi'n dywyll yn y cwpwrdd ac fe gaeodd hi'r drws arnyn nhw gan adael i ddim ond hollt fechan iawn o olau gwan ddod i mewn.

Ond roedd Aaron yn methu'n lân â dweud dim oherwydd roedd rhyw hen flew yn ei geg, a rhywbeth tebyg i fat blewog dros ei drwyn a bron iawn â'i fygu.

'Gwranda . . .' sibrydodd Steph.

Yr ogla wnaeth iddo sylweddoli. Ogla Roli oedd o!

Roedd Roli efo Steph! Roli . . . ac yntau'n meddwl ei fod wedi cael ei rostio'n fyw! Yn sydyn, teimlai Aaron yn hollol wan. Suddodd ei goesau oddi tano ac eisteddodd yn llipa ar lawr y cwpwrdd gan daro yn erbyn brwshys a rhyw daclau glanhau eraill.

'Sh!' siarsiodd Steph. 'Taw, wir! Dydan ni ddim eisio i neb wybod ein bod ni yma, nac oes?'

Nac oedden, wir. Wel, doedden nhw ddim eisiau i neb wybod fod *Roli* yno. Drwy godi'n fore i'w fwydo a mynd ag o am dro, a sleifio allan i'w weld cyn mynd i'w gwelyau, a gofalu nad oedd neb yn y golwg wrth iddyn nhw fynd at y car yn ystod y dydd, roedden nhw wedi llwyddo i'w guddio . . . hyd yn hyn. Roedd yn help mawr, wrth gwrs, fod y car ym mhen draw'r maes parcio, mewn hen gornel dywyll na fyddai neb yn mynd ar ei chyfyl fel arfer.

'Llai o siawns bod rhywun yn sylwi fod y dreth wedi dod i ben,' meddai Mam wrth barcio yno pan gyrhaeddon nhw. 'Fedra i ddim fforddio adnewyddu'r dreth am dipyn. Felly, peidiwch chi â meiddio sôn wrth neb am y car!'

'Iawn, Mam!' medden nhw. 'Fasen ni BYTH yn gwneud peth felly, Mam!'

Y peth olaf oedden nhw eisiau oedd i rywun gymryd sylw o'r car . . . ond wyddai hi mo hynny.

Wyddai hi ddim pam chwaith. Dyna falch oedden nhw ei bod hi mor brysur yn meddwl am y car, ac am eu pethau nhw yn y bŵt, ac am dynnu Zoë, eu chwaer fach, allan o'r sedd, fel na feddyliodd hi gymaint ag unwaith pam roedd y ddau ohonyn nhw wedi eistedd fel delwau yn y cefn yng nghanol y bocsys a'r bagiau bin heb ffraeo na dadlau o gwbl. Doedd ganddi ddim syniad fod Roli'n gorwedd wrth eu traed, yn llonydd ac yn ddistaw, fel petai o wedi synhwyro mor bwysig oedd hi i beidio tynnu sylw ato'i hun. Wel, o gofio beth oedd wedi digwydd i Roli druan cyn iddo fod yn gi iddyn nhw, roedd o wedi hen arfer cymryd arno nad oedd yno, cadw o dan draed, symud o'r ffordd . . . yn gyflym iawn hefyd.

Ond roedd hi'n beryg i rywun sylwi arno'n awr ac roedd Steph, yn gyfrwys iawn, wedi cael hyd i le i'w guddio. Fedrai Aaron mo'i hateb hi, wrth iddo afael yn dynn am wddw Roli. Diolch byth, roedd Roli'n iawn! Dechreuodd Aaron feichio crio.

Doedd o erioed wedi crio o flaen Steph o'r blaen. Pan glywodd o beth roedd Dad wedi'i wneud, a beth ddigwyddodd iddo wedyn, a phan ddywedodd Mam wrthyn nhw y byddai'n rhaid iddyn nhw adael Arfryn, roedd o wedi medru aros nes ei fod ar ei ben ei hun, cyn crio.

Yn awr doedd dim ots ganddo. Cydiodd yn dynn, dynn yn Roli a swatiodd y ci wrth ei ochr. Eisteddodd

Steph yr ochr arall a chydio ynddo hefyd. Ac roedd hithau'n crio. Yn sydyn, torrwyd ar eu traws gan sŵn drysau'n agor a lleisiau'n gweiddi.

'Be sy'n bod?'

'Tân!'

'Car ar dân!'

'Car Nina!'

'Gyrrwch am injan dân!'

'Ffoniwch naw-naw-naw!'

Plant bach a babanod y teuluoedd eraill yn deffro ac yn crio. Eu rhieni'n ceisio'u tawelu. Sŵn traed yn rhedeg i fyny ac i lawr y grisiau. Drysau'n agor ac yn cau. Ac yn y cefndir, drwy gydol yr adeg, er ei bod hi'n berfedd nos, sŵn traffig yn gwibio i fyny ac i lawr y ffordd osgoi brysur tu allan. Ond arhosodd y ddau, a Roli, yn eu cuddfan.

'Dydw i ddim yn deall . . .' snwffiodd Aaron ymhen sbel, '. . . pam mae o yn fan'ma efo ni a finna ofn . . . ei fod o wedi marw.'

'Roedd arna inna ofn hefyd,' meddai Steph.

Stopiodd Aaron grio. 'Ofn? *Chdi* ofn?'

Roedd yn anodd credu hynny. Steph? A hithau'n malio dim am farchogaeth ceffyl i neidio dros rwystr ar ôl rhyw ddwy neu dair o wersi; am ddringo i fyny ysgol hir i roi cyw bach yn ôl yn nyth y wennol o dan y bondo; am sefyll yn llonydd fel delw o flaen ci dieithr oedd yn chwyrnu ac yn cyfarth, yn gadael iddo'i synhwyro hi heb symud o gwbl, nes y tawelodd a gadael iddi fwytho'i ben. Dyna'r darlun o Steph oedd gan Aaron yn ei feddwl.

'Ofn be?' gofynnodd Aaron yn syn, gan snwffian yn galed.

'O, ti'n gwybod . . .'

''Rhen le yma?'

'Ofn y bydd rhaid inni aros yma am byth.'

'Ond wyddost ti'n iawn be mae Mam yn ddweud.'

'Lloches dros dro ydi fan'ma.'

'A does neb yn aros yma'n hir.'

'Dim ond nes bydd pethau'n gwella—wedyn maen nhw'n cael mynd yn ôl i'w llefydd eu hunain.'

Ddywedodd 'run o'r ddau air. Ond gwyddai'r naill yn iawn beth roedd y llall yn ei feddwl. Chaen nhw byth fynd yn ôl i Arfryn. Pobl eraill fyddai'n byw yno'n fuan iawn. Felly i ble fydden nhw'n mynd?

'Dyna pam est ti i nôl Roli? Am fod arnat ti ofn?' gofynnodd Aaron, ei lais yn cracio ac yn swnio'n gryg fel petai e ddim wedi'i ddefnyddio ers amser hir.

'Methu cysgu oeddwn i.'

Dychmygodd Aaron ei chwaer yn sleifio allan o'i gwely ac yn mynd ar flaenau'i thraed i lawr y grisiau, drwy'r lobi yn llawn cysgodion a heibio i ddrysau'r gegin a'r ystafell fwyta a'r lolfa. Yn mynd yn ddistaw bach, bach allan drwy'r cefn ac i'r tywyllwch oer.

Roedd hynny'n dangos mor ddewr oedd hi. Feiddiai'r rhan fwyaf o blant ddim gwneud y fath beth.

Yn y pellter yn rhywle roedd sŵn babi'n crio ac yn crio.

'Hei!' meddai Aaron yn sydyn. 'Be am Zoë? Sut medraist ti fynd allan o'r llofft fach yna hebddi hi?'

'Roedd hi'n dal i gysgu.'

'Petait ti wedi cael dy ddal . . .'

'Ond ches i ddim, naddo?' Roedd sbonc direidus yn ei llais.

'Naddo.'

Yr un peth a redai drwy feddyliau'r ddau. Y rheol 'dim anifeiliaid yn y lloches'. Roedden nhw wedi colli eu cartref. Fedrai Mam ddim talu'r morgais ar ôl i Dad golli ei waith, ac felly roedd y Gymdeithas Adeiladu wedi meddiannu'r tŷ a'i werthu i rywun arall. Roedden nhw a Zoë a'u mam yn lwcus iawn i gael aros yn y lloches yma o gwbl. Roedd y lle'n llawn. Doedd neb arall yn cael dod gan y byddai'n cau gynted fyth ag y byddai'r adeilad newydd yn barod—adeilad wedi ei godi'n bwrpasol, yn wahanol i'r lle yma oedd, oherwydd y ffordd osgoi newydd, mewn lle peryglus iawn.

'Steph?'

'Be?'

'Oeddet ti'n gwybod be oedd yn bod?'

'Be ti'n feddwl?'

'Fod y car ar dân.'

'Wyddwn i fod 'na betrol yn llosgi. Glywais i.'

Closiodd y ddau'n nes fyth at ei gilydd, gan ddychmygu'r ardd gartref yn Arfryn. Yn y pellter roedd sŵn injan dân yn dod yn nes bob eiliad. Uwchben seiren, dychmygent glywed llais Dad yn gweiddi:

'Cadwch draw! Cadwch draw!'

'Wyddwn i o'r munud y clywais i'r BWWWWWWWWWWWWM!' sibrydodd Aaron.

''Run sŵn â phan daflodd Yncl Neil betrol ar y goelcerth Noson Guto Ffowc gan feddwl mai paraffîn oedd yn y tun.'

'Roedd Dad yn wallgo efo fo!'

'Oedd.'

'Dwi'n 'i golli o,' meddai Steph mewn llais bychan, bach toc, wedi i'r ddau fod yn dawel am dipyn.

Cydiodd Aaron yn dynnach fyth yn Roli. 'A finna.'

'Faint o amser sy 'na eto, nes daw o adre?'

'Dibynnu a gaiff o ddod ynghynt.'

'Os bydd o wedi gwneud popeth yn iawn?'

'Ie. Heb dorri'r rheolau o gwbl.'

Bu'r ddau yn dawel am funud wedyn, y ddau yn meddwl yr un peth yn union: doedd hi ddim yn hawdd cadw at y rheolau bob amser. Ac ar hynny holltodd sgrech annaearol drwy'r adeilad.

'AAAAAAAAARON! STEEEEEPHANIE! . . .' Llais eu mam yn sgrechian.

Sŵn rhedeg, ac agor a chau drysau.

'Dydyn nhw ddim yn eu gwelyau! Mae'n rhaid eu bod nhw yn y car . . .'

A bloeddio crio wedyn. 'Mae'r ddau wedi cael eu llosgi'n fyw!'

Roedd yn rhaid iddyn nhw ddod allan o'u cuddfan. Yn araf ac yn drwsgwl, cododd y ddau blentyn ar eu traed ac edrych ar ei gilydd. Fedren nhw ddim cuddio am byth.

'Mae Roli'n fyw beth bynnag,' meddai Aaron.

'Ydi,' cytunodd Steph. 'A dyna ydi'r peth pwysicaf.'

'Ti'n iawn.'

'Ti'n gwybod be?'

'Be?'

'Dwi'n teimlo'n well o lawer nag oeddwn i pan ddois i i mewn i'r cwpwrdd 'ma.'

Camodd y ddau allan, i wynebu eu mam a phawb arall yn y lloches.

2

Roedd Aaron a Steph dan straen ofnadwy wrth y bwrdd brecwast—doedd wiw iddyn nhw edrych ar ei gilydd. Roedd y ddau yn *wirion* o hapus fod Roli'n iawn. Bron â marw eisiau gweiddi chwerthin dros bob man oedd Aaron, a Steph yn ysu cael codi ar ei thraed a dawnsio'n wyllt fel pe bai hi mewn disgo!

Ond feiddien nhw ddim symud hyd yn oed, na thynnu sylw atynt eu hunain o gwbl. Gorweddai Roli o'r golwg o dan y bwrdd, yn gynnes dros eu traed, a gwyddent gymaint o wyrth oedd hynny. Roedd yna adeg, pan ddaeth o atyn nhw gyntaf, y byddai Roli yn osgoi traed, yn symud draw wysg ei ochr yn llechwraidd. A chymerodd dipyn go lew o amser iddo ddod i sylweddoli nad oedd traed pawb yn greulon.

Bob hyn a hyn ysgydwai ei gynffon rhyw fymryn bach a'r blew yn cosi coesau Steph. Yna, ymhen rhyw eiliad neu ddwy, llyfai fferau Aaron â'i dafod meddal, yna swatiai'n ôl yn llonydd fel delw. Prin y teimlai'r ddau ef yn anadlu.

Edrychodd y ddau ar ei gilydd, y naill yn meddwl 'run peth â'r llall: '*Mae Roli'n gwybod yn iawn fod yn rhaid iddo gadw o'r ffordd.*' Yn union fel roedd o gartref, y tro hwnnw pan wylltiodd Mam efo fo am gario hen asgwrn drewllyd i'r tŷ.

'Yli be mae'r hen gi 'ma ddoist ti adre wedi'i wneud!' gwaeddodd ar Dad. 'Byddai'n well o'r hanner petait ti wedi gadael llonydd iddo fo yn lle roedd o!'

'Yn well i bwy?' gofynnodd Dad yn dawel. 'I'r ci?'

Tawodd Mam y munud hwnnw. Edrychai ychydig bach yn euog.

'Nage, siŵr iawn . . .'

'Wel, be ddyliwn i fod wedi'i wneud? Ei adael o i ddioddef?'

'Nage . . . dweud wrth y Gymdeithas Atal Creulondeb at Anifeiliaid . . . neu'r Heddlu . . . neu rywun . . .'

'Roedd pobl eraill wedi gwneud hynny, Nina . . .'

'Felly roedd popeth yn iawn.'

'Yn iawn? Nac oedd, siŵr iawn. Y cyfan oedd wedi digwydd oedd fod y dyn oedd biau'r ci wedi cael rhybudd. Rhybudd i beidio gadael iddo grwydro drwy'r strydoedd bob awr o'r dydd a'r nos. Rhybudd i ofalu ei fod yn cael digon o fwyd. Rhybudd nad oedd i'w gicio fo . . .'

'Ond doedd dim rhaid i ti fusnesu . . .'

'Cydwybod, ti'n gweld, Nin,' ochneidiodd Dad ymhen ychydig. 'Oedd, roedd yn rhaid i mi fusnesu . . . neu faswn i ddim wedi medru byw yn fy nghroen. Dŵr ar gefn hwyaden oedd pob rhybudd gafodd y dyn hwnnw. Roedd o'n alcoholig, yn flin ac yn gas yn ei ddiod. Ac ar bwy roedd o'n dial? Ar y ci druan. Ac roeddwn i'n ei weld o bob tro roeddwn i'n mynd i'r ardal honno. Llawer o henoed yn byw yno ac eisiau tacsi'n aml. Ddwywaith, deirgwaith, weithiau gymaint â phedair gwaith y dydd roeddwn i'n ei weld o—y creadur bach. Fedrwn i ddim dioddef dim rhagor.'

Ac roedd Mam wedi troi draw heb ddweud 'run gair arall.

A'r adeg y ffrwydrodd Dad am fod Roli wedi cnoi un o'i slipars. Roedd o wedi gorwedd yn ei fasged gan geisio gwneud ei hun yn fach, fach, ac wedi tyrchu o dan y flanced i guddio a throi ei gefn ar bawb a phopeth.

''Rhen ffŵl dwl!' oedd geiriau Dad. 'Mae o'n meddwl nad oes neb yn ei weld o am nad ydi o'n ein gweld ni!'

Ac wrth feddwl am Dad, diflannodd hapusrwydd Aaron. Yn union fel petai rhywun wedi lluchio bwcedaid o ddŵr drosto, teimlai'n oer yn sydyn.

'O! Dad!' meddai wrtho'i hun yn ddistaw bach. 'Brysia yma i'n hachub ni o'r helynt yma!' Teimlai'r dagrau yn cronni yn ei lygaid ar ei waethaf. Ond yr eiliad nesaf sylweddolodd: *Fydden ni ddim yn yr helynt yma heblaw am Dad.*

Diflannodd y dagrau. Am funud teimlai mor flin wrth ei dad am fod mor *hurt* nes bod arno awydd mawr i gydio yn ochr y bwrdd o'i flaen, ei godi a'i droi drosodd i ddymchwel popeth arno i'r llawr.

Cydio yn y bwrdd, neu luchio ei gadair ar draws yr ystafell, neu daflu'r llestri i gyd fesul un yn erbyn y wal *neu rywbeth . . .*

Ond, wrth gwrs, wnaeth o ddim. Gwyddai na fyddai hynny'n helpu dim arno. Gwasgodd ei ddannedd yn dynn at ei gilydd am funud bach cyn dal ati i fwyta.

Yn ofalus, rhag i neb weld bai arni am wneud llanast na *dim byd i* dynnu sylw ati'i hun, taenodd Steph farmalêd ar ei thôst. Llyncodd Aaron y naill lwyaid ar ôl y llall o Weetabix yn ddistaw bach gan grafu pob briwsionyn yn lân oddi ar ochrau'r bowlen. Yn ei chadair uchel rhwng y ddau roedd Zoë'n cydio â'i dwy law mewn brechdan ac yn ei bwyta gan hel y marmalêd dros ei hwyneb i gyd.

Sŵn llestri a sŵn symud. Pawb ar draws ei gilydd yn y gegin fel arfer y peth cyntaf yn y bore. Teimlai fel petaen nhw wedi bod yno am fisoedd, blynyddoedd hyd yn oed, yn hytrach nag ychydig ddyddiau yn unig. Oedd, roedd popeth fel arfer ym Mryn Eithin . . . ond roedd un peth yn wahanol iawn: yr awyrgylch. Tu cefn i'r sŵn roedd rhyw dawelwch mawr. A thrwy'r tawelwch roeddech chi'n gallu clywed beth roedd pawb yn ei feddwl.

Yr helynt gefn nos . . . pam roedd y car wedi mynd ar dân?

Damwain oedd hi . . . nam trydanol, efallai?

Neu oedd o wedi cael ei gynnau'n fwriadol?

Gwyddai Aaron a Steph mai dyna oedd ar feddwl pawb arall. Bob hyn a hyn wrth fwyta, edrychai'r ddau ar ei gilydd. Yna, yn araf, sylweddolodd Steph rywbeth. Roedd rhyw olwg . . . nid *slei* yn hollol, ond rhywbeth reit debyg i hynny, ar wyneb Aaron. Stopiodd gnoi ei bwyd. Edrychodd arno'n syn iawn.

'Mae o'n gwybod rhywbeth!' meddai wrthi'i hun. 'Ydi, mae o! Wn i ddim *be* mae o'n wybod, ond *mae* o'n gwybod rhywbeth.'

Syrthiodd ei cheg ar agor.

'Cau dy geg rhag ofn iti lyncu pry!' sibrydodd Aaron, gan wincio arni.

'Be . . ?'

Tapiodd Aaron ei drwyn â blaen ei fys.

'Ddweda i wrthat ti eto,' meddai o dan ei wynt.

'Dweud be?' mynnodd hithau drwy'i dannedd.

'Gei di wybod eto,' addawodd yntau.

Aethant ymlaen i fwyta'u brecwast a'r peth pwysicaf ar eu meddyliau, wrth gwrs, oedd beth oedd yn mynd i ddigwydd i Roli. Châi o ddim aros ym Mryn Eithin efo nhw. Roedd hynny'n berffaith sicr.

Y noson cynt, roedd arnyn nhw ofn dod allan o'r cwpwrdd o dan y grisiau i wynebu eu mam. Roedd y ddau wedi llusgo allan a Roli wedi sefyll, ei gynffon yn llonydd, rhwng y ddau. Roedd Mam wedi rhuthro heibio heb sylwi arnyn nhw o gwbl.

'Mam!' galwodd y ddau a chychwyn ar ei hôl. 'Mam! Rydan ni'n iawn!'

Ond doedd hi ddim wedi clywed. Pan gydiodd Anti Menna yn ei braich, ysgydwodd hi ymaith gan sgrechian.

'Y car! Y CAR! Roedden nhw yn y car! Sylwais i arnyn nhw'n mynd yno i chwarae unwaith neu ddwy. Ddwedais i ddim byd! Fi sy ar fai! Petawn i wedi eu rhwystro, fyddai hyn ddim wedi digwydd . . .'

'Rydan ni'n iawn, Mam,' meddai'r ddau gyda'i gilydd.

Roedden nhw'n meddwl y byddai hi'n falch o'u gweld nhw . . . ond doedd hi ddim. Edrychodd arnyn nhw'n hurt am ryw eiliad neu ddwy, fel petai hi ddim yn eu hadnabod. Yna, pan sylweddolodd mai nhw oedden nhw, gwylltiodd.

''Rhen g'nafon bach!' dwrdiodd. 'Yn sefyll yn fan'na'n ddigywilydd a finna bron â drysu . . .'

Cythrodd atyn nhw gan anelu clustan at Steph cyn cydio yn Aaron a dechrau ei ysgwyd yn wyllt. Llwyddodd Steph i osgoi'r glustan a cheisio helpu Aaron i ddod yn rhydd o'i gafael. Ond cyrhaeddodd Anti Menna yno.

'Paid, Nina!' meddai hi. 'Paid!'

'Wedi dychryn mae hi,' eglurodd wrth y ddau

blentyn. 'Dydi hi ddim yn flin, dim ond yn falch eich bod chi'n iawn ac yn methu credu'r peth.'

Roedden nhw ill dau wedi dychryn hefyd, ond fe gydion nhw'n dynn yn Mam pan gofleidiodd hi nhw a'r dagrau'n llifo o'i llygaid. Arhosodd y ci yn llonydd wrth eu hymyl yn syllu ar y tri ohonyn nhw. Syllu . . . ei lygaid yn symud o'r naill un i'r llall.

'A phwy ydi hwn?' holodd Anti Menna.

Sychodd Mam ei dagrau. 'Roli,' atebodd yn sychlyd.

Y munud y clywodd ei enw ei hun, roedd Roli wedi troi ar wastad ei gefn a dechrau rowlio'n ôl ac ymlaen, ei bawennau'n chwifio yn yr awyr, fel yr arferai wneud. 'Ac mae o'n ychwanegu at fy mhroblemau i,' meddai Mam. Edrychodd yn gas iawn ar y plant. 'Eich cyfrifoldeb chi'ch dau oedd o,' meddai wedyn, gan edrych i fyw eu llygaid, y naill ar ôl y llall. 'Pan ddwedais i wrthoch chi fod Yncl Neil yn cadw'n dodrefn ni yn ei garej a'n bod ni'n dod yma efo dim ond digon o ddillad am ychydig efo ni, mi eglurais i fod yn rhaid i chi chwilio am gartref arall i Roli. Fi i drefnu symud y dodrefn, chi'ch dau i ofalu am Roli. Dyna oedd y fargen.'

Ddywedodd y plant 'run gair, dim ond edrych ar eu traed.

'"Rydan ni wedi cael cartre iddo fo." Dyna ddwetsoch chi,' ychwanegodd eu mam.

Aaron atebodd. 'Wel . . . gawson ni . . . mewn ffordd o siarad.'

'Ffordd o siarad, wir!'

'Y car . . . ym . . . ym . . . oedd ei . . . gartre fo . . .' meddai Steph yn gloff.

'Ddwetsoch chi fod un o dy fêts di yn yr ysgol, Aaron, yn ei gymryd o. Rhag dy gywilydd di, 'rhen gena bach, yn dweud celwydd wrtha i.'

Edrychodd Aaron i fyw llygaid ei fam. 'Wnes i ddim deud celwydd wrthat ti, Mam!' protestiodd yn uchel. 'Naddo wir.'

Agorodd llygaid ei fam yn fawr fel petai hi newydd gofio rhywbeth.

'Naddo, erbyn meddwl,' meddai hi'n feddylgar. 'Ddwetsoch chi'ch dau ddim yn union i *ble* roedd o'n mynd. Ond fe adawsoch chi i mi *feddwl* ei fod o'n mynd at un o'ch ffrindiau chi. Gadael imi feddwl fod popeth yn iawn. Nad oedd yna ddim problem o gwbl ynghylch Roli . . .'

Roedd Steph wedi dechrau crio. Ymdrechodd i rwystro'r dagrau rhag llifo o'i llygaid ac i gadw'i llais rhag crynu.

'Mae'n iawn arnat ti, Mam,' meddai. 'Does dim ots gen ti. Doeddet ti mo'i eisio fo yn y lle cynta. Roeddet ti'n flin efo Dad am ddod â fo adre. Doeddet ti ddim eisio i ni gael ci. Dwyt ti ddim yn caru Roli fel ni.' Snwffiodd a chwythodd ei thrwyn a rhwbio'i llygaid â chefn ei llaw.

Ddywedodd Aaron ddim byd. Daliai ei wynt. Roedd arno ofn clywed beth ddeuai nesaf.

Ochneidiodd Mam. 'Gwranda, Steph,' meddai hi. 'Rwyt ti'n iawn. Doeddwn i ddim eisio ci. Ond roeddwn i'n deall pam roedd yn rhaid i Dad ei achub. Dydw i ddim yn un sydd wedi mopio efo anifeiliaid. Ond dydi hynny ddim yn golygu 'mod i eisio'u gweld yn diodde chwaith. A dydw i ddim eisio i chi orfod cael gwared â Roli druan. Cofia di 'mod inna wedi dod yn hoff ohono fo erbyn hyn. Dydw i ddim am ei weld o'n mynd. Ond rydw i'n methu gweld fod 'na unrhyw ateb arall.'

Snwffiodd Steph drachefn. Roedd ei llygaid yn goch. Ddywedodd hi nac Aaron yr un gair o'u pennau.

'Wel!' meddai Anti Menna. 'Chaiff y ci ddim aros yma. Dwi'n dweud hynny'n blwmp ac yn blaen. Nid cartref cŵn ydi'r lle yma.'

'Fel rydw i wedi dweud o'r blaen, Aaron a Steph,' meddai Mam, 'eich problem chi ydi'r ci. Mae gen i ddigon i boeni yn ei gylch heb feddwl amdano fo hefyd. Rydach chi'n ddigon hen—chdi Aaron bron yn ddeuddeg a chdithau, Steph, bron yn ddeg. Eich cyfrifoldeb chi. Cofio?'

Nodiodd y ddau yn araf. Doedd dim rhaid iddyn

nhw hyd yn oed edrych ar ei gilydd. Gwyddai'r naill yn iawn beth glywai'r llall yn ei ben.

Llais Dad. 'Eich ci chi fydd o, os ydach chi eisio fo.'

'Ond Dad! WRTH GWRS ein bod ni eisio fo! Rydan ni wedi bod eisio ci ers *hydoedd*!'

'Wn i. Ond ydach chi'n deall mai chi'ch dau fydd yn gyfrifol am ei fwydo, ac am fynd â fo am dro bob dydd . . . nid dim ond pan fydd gynnoch chi awydd? Cofio gwneud yn siŵr fod dŵr glân yn ei ddysgl bob amser a bod ganddo wely clyd?'

'Iawn, Dad! Wrth gwrs, Dad!'

Roedden nhw'n cofio mor nerfus a sâl yr olwg oedd Roli'r adeg honno—ei gynffon yn dynn rhwng ei goesau ôl, ei fol yn wastad â'r llawr, ei flew yn llawn lympiau gan nad oedd neb wedi ei frwsio na'i gribo erioed, ac yn neidio bron o'i groen pan symudai rhywun. Roedd yn dorcalonnus ei weld. Yn ddim ond croen am yr asgwrn.

Roedden nhw wedi gofalu amdano orau fyth fedren nhw. Wedi mynd i'r llyfrgell i gael benthyg llyfrau a'u hastudio'n fanwl iawn.

'Dad? Ddylen ni fynd â Roli at filfeddyg?' holodd y ddau. 'Mae'n dweud yn y llyfr yma . . .'

Roedd Dad wedi ysgwyd ei ben. 'Does yna ddim byd yn bod ar y ci heblaw ei fod o angen bwyd da a charedigrwydd,' atebodd. 'Bydd, mi fydd o angen pigiad rhag iddo fo godi rhyw heintiau annifyr . . . ond nid rŵan. Gadewch lonydd iddo fo setlo efo ni am dipyn bach.'

'Ond mae'n dweud yn y llyfr . . .' medden nhw.

'Gwrandwch ar Dad. Mae'n gwybod be 'di be efo anifeiliaid—mae o'n fab fferm, cofiwch,' atgoffodd Mam hwy bryd hynny.

'Rydach chi'ch dau yn ddigon hen i ddatrys y broblem,' meddai'n awr. 'Gen i ddigon o broblemau heblaw amdano fo . . . meddwl beth i'w wneud ynghylch y car yna'n un peth . . .'

'Fyddai o ddim yn deg â'r teuluoedd eraill,' ychwanegodd Anti Menna. 'Nac yn deg â'r ci druan chwaith. Rydach chi'n gwybod eich hunan mor beryglus ydi hi yma ers i'r ffordd newydd agor.'

'Fe fydd yn rhaid ichi feddwl beth i'w wneud efo fo yn y bore, felly,' meddai Mam.

Ac erbyn hyn roedd hi *yn* fore.

A BETH OEDDEN NHW'N MYND I'W WNEUD?

3

Roedd Zoë wedi cael digon o fwyd . . . heb fwyta crystyn y frechdan. Daliodd y crystyn rhwng ei bysedd am funud yn syllu arno. Yna plygodd dros ochr ei chadair a'i ollwng. Fel roedd hi'n digwydd bod, am eiliad yn unig, roedd y lle yn berffaith dawel.

Clep! Caeodd ceg Roli ar y crystyn.

Clywodd pawb. Trodd llygaid o bob cwr o'r gegin i edrych arnyn nhw. Llyncodd Roli y crystyn mewn chwinciad. Setlodd yn ôl yn ei le. Doedd y plant ddim eisiau i amser brecwast orffen. Ar ôl brecwast byddai'n rhaid penderfynu beth i'w wneud efo Roli.

Doedd Mam ddim wedi sylwi ar ddim byd o gwbl. Eisteddai yno, ei llygaid yn goch, heb gyffwrdd 'run tamaid o fwyd a'i phaned de yn oeri yn y mỳg yn ei dwylo. Wrth i'r lleill ddod i'r gegin roedd pawb yn holi ac yn stilio.

'Be wnei di rŵan, Nina?'

'Be ddigwyddodd i'r car?'

'Damwain oedd hi?'

'Roddodd rywun o ar dân?'

Saethai'r cwestiynau annifyr o amgylch Aaron a Steph. Doedd ganddyn nhw ddim amser i feddwl amdanyn nhw. Roli oedd ar eu meddyliau. O! Beth fyddai'n digwydd iddo?

Ar hynny, clywodd pawb Yncl Pete, gŵr Anti Menna, yn galw, 'Hwyl fawr!' Roedd yn mynd i'w waith yn y warws bwydydd anifeiliaid, tu draw i'r tir gwyllt yng nghefn y lloches.

Bang! Caeodd y drws tu cefn iddo. Tawodd y sŵn siarad am eiliad a phawb yn troi i edrych ar y drws. Yna dechreuodd pawb siarad eto. Pawb ond Aaron. Syllai Aaron ar y drws fel petai wedi ei swyno ganddo.

Sylwodd neb ond Steph. Rhoddodd bwniad i'w brawd â'i phenelin. 'Be sy'n bod arnat ti?' sibrydodd. 'Wyt ti'n drysu neu rywbeth?'

Atebodd Aaron ddim am funud bach. Yna, 'Waw!' meddai'n dawel fach. 'Gen i syniad! Achubaist ti Roli rhag cael ei losgi. Y *fi* ddylai gael lle iddo fo fyw. Fy nghyfrifoldeb i ydi o . . .'

Neidiodd ar ei draed. Syrthiodd ei gadair wysg ei hochr ar y llawr a rhuthrodd allan drwy'r drws heb gymaint ag edrych dros ei ysgwydd. Saethodd Roli ar ei ôl.

'Mae'r ci 'na fel cysgod i'r hogyn yna,' oedd y cyfan ddywedodd Mam.

Erbyn i Aaron gyrraedd y warws, roedd Yncl Pete yn ymbalfalu yn ei boced am allwedd y drws. Bu'r lle'n brysur unwaith, ond oherwydd fod y fynedfa o'r ffordd bellach yn rhy beryglus roedd y warws wedi cau. Yncl Pete oedd yr unig weithiwr ar ôl. Byddai yntau'n gadael wedi iddo orffen clirio'r lle. Cafodd hyd i'r allwedd a'i rhoi yn nhwll y clo.

'Bow-wow-wow!' cyfarthodd Roli yn llawen gan neidio a dawnsio ar ei goesau ôl o gwmpas Yncl Pete. Dyna falch oedd o ei fod wedi cael dod allan o'r tŷ! Cyrhaeddodd Aaron a'i wynt yn ei ddwrn, ei dreinyrs yn sglefrio dros y cerrig mân.

'Yncl Pete?' meddai'n ansicr. 'Yncl Pete . . .'

Rhoddodd Yncl Pete dro ar yr allwedd. 'Ie?' gofynnodd.

Yn sydyn, teimlai Aaron yn swil iawn, ac ychydig bach yn grynedig, fel petai'n sefyll ar ymyl styllen ddeifio uchel yn y pwll nofio.

'Ie?' gofynnodd Yncl Pete wedyn, dipyn yn fwy diamynedd y tro hwn.

Llyncodd Aaron ei boer. Cofiodd am Steph yn codi o'i gwely gefn nos. Gwyddai nad oedd hanner mor ddewr â hi, ond gwnaeth benderfyniad sydyn: Roli fydd yn dioddef os na ofynna i.

Teimlai ychydig bach yn ddewrach wedyn. Sythodd ei gefn a sgwariodd ei ysgwyddau. Cododd ei ben i edrych i fyw llygaid Yncl Pete.

'Gaiff Roli gysgu yma, os gwelwch yn dda?' gofynnodd yn blwmp ac yn blaen.

Yna, tawodd. Roedd yr olwg ar wyneb Yncl Pete yn ddigon i wneud i unrhyw un fferru.

'Does gen i ddim gobaith,' meddai Aaron wrtho'i hun, a'r siom yn llifo drwyddo. Gwasgodd ei ddwylo'n ddyrnau blin ym mhocedi ei drowsus. 'Mae o'n meddwl 'mod i'n ddigywilydd.'

'Mae'n . . . mae'n ddrwg gen i,' ymddiheurodd yn gloff wrth Yncl Pete.

'Be roddodd y fath syniad yn dy ben di?'

A bod yn onest, doedd Aaron ddim wedi meddwl beth fyddai Yncl Pete eisiau o gwbl. Y cyfan oedd o wedi meddwl amdano oedd beth oedd Roli eisiau. Gwyddai fod yn *rhaid* iddo gael lle i Roli aros.

'Wel . . . mae gynnoch chi gath . . .'

'Sut gwyddet ti hynny? Soniais i 'run gair am gath.'

'Eich gweld chi'n casglu sbarion pysgod oddi ar y platiau ar ôl swper y noson o'r blaen wnes i. Mae'n siŵr fod 'na lygod mewn lle bwydydd anifeiliaid . . .'

'Dipyn o dditectif, wyt ti?'

Roedd tinc gwawdlyd yn y geiriau, ond doedd yr wyneb ddim yn edrych mor fygythiol erbyn hyn. Llyncodd Aaron ei boer. Roedd rhyw obaith o hyd. Croesodd fysedd ei ddwy law.

'A feddyliais i,' meddai'n sydyn, 'gan fod y lle'n hanner gwag erbyn hyn, efallai fod arnoch chi angen . . . ci gwarchod.'

Edrychodd Yncl Pete arno'n ofalus. 'Tynnu 'nghoes i wyt ti?' gofynnodd yn ddifrifol.

'Nage! Nage!'

Ysgydwodd Aaron ei ben yn bendant. Yna, edrychodd ar Roli. Roedd o'n eistedd rhwng y ddau ohonyn nhw, yn edrych o'r naill i'r llall, a'i gynffon yn chwifio'n wyllt o ochr i ochr. Roedd ei geg ar agor, fel petai'n gwenu, a bob hyn a hyn llyfai ei dafod pinc ei weflau, gan ddangos rhes o ddannedd gwynion. Dawnsiai ei lygaid yn hapus.

Edrychodd Yncl Pete ar Aaron wedyn . . . edrych i fyw ei lygaid. 'Ci gwarchod?' gofynnodd, ac roedd o'n chwerthin!

Chwarddodd Aaron hefyd. Roedd Roli'n glamp o gi, ond doedd o ddim yn edrych yn ddim byd tebyg i gi gwarchod. I fod yn onest, edrychai fel ci fyddai'n llyfu llaw ac yn croesawu pawb a phopeth. Gwnaeth Aaron ei orau glas i fod yn ddifrifol.

'Mae pawb yn sôn gymaint o fandaliaid sydd o gwmpas,' meddai'n frysiog. 'Ond petaen nhw'n clywed Roli'n cyfarth, wel . . . mae ganddo fo cyfarthiad chwyrn ofnadwy—digon i godi ofn ar unrhyw un . . .'

Tynnodd Yncl Pete ei law dros ben Roli. Cosodd ei glustiau a rhwbio'i drwyn. Tynnodd Roli ei weflau'n ôl fwy fyth i wenu mwy a mwy. Ysgydwodd ei gynffon fel pendil mawr, blewog, lloerig.

'Pa frîd fasat ti'n ddweud ydi o, Aaron?' gofynnodd Yncl Pete. 'Alsesian? Neu Dobermann, neu beth?'

Roli a'i flew hir llwyd a gwyn. Ei gynffon gyrliog.

Yn ddigon tebyg i gi defaid . . . efallai. A'r pen llydan, solet, *efallai* yn debyg i siâp Labrador, ond fod ei lygaid bron o'r golwg yng nghanol yr holl flew. Ei gorff mawr gymaint ag Alsesian, ond fod ei goesau rywfaint yn fyrrach . . . mwngrel perffaith.

'Wn i ddim pa frîd . . .' atebodd Aaron yn gloff.

'Wel fe wn i,' meddai Yncl Pete. 'Ci clên wyt ti, yntê Roli?'

'Wff!' cyfarthodd Roli. 'WFF!'

A dyna pryd y gwyddai Aaron fod popeth yn iawn. Wel, ddim yn hollol. Fedrai *popeth* ddim bod yn iawn nes byddai . . . Rhwystrodd ei hun rhag meddwl am hynny. Llifodd y rhyddhad drwyddo. Roedd o wedi llwyddo i gael lle i Roli aros!

'Fydd o'n ddim trafferth o gwbl i chi,' addawodd. 'Mi edrychwn ni ar ei ôl o.' Siaradai'n fân ac yn fuan, a'r geiriau'n saethu allan o'i geg. 'Wnawn ni, Steph a fi, bob peth ydach chi'n ddweud.'

'Fydd raid i chi chwilio am fwyd iddo fo,' cwynodd Yncl Pete, braidd fel petai'n difaru'n barod. 'Aeth y cwmni â phopeth oedd heb ei werthu oddi yma, ond mae'r bagiau oedd wedi torri ar ôl. Roedd 'na fag o fwyd sych ar gyfer cath ac mae 'na ddigon iddi hi am sbel. Dwi'n credu bod 'na fwyd ci yma yn rhywle. Croeso iti roi hwnnw iddo fo. Dy gyfrifoldeb di fydd cael bwyd a diod iddo fo . . . ac i'r gath hefyd. Fydda i ddim yma.'

Gwyddai Aaron y byddai Yncl Pete ac Anti Menna'n symud i'r lloches newydd ymhen wythnos, i fod yn wardeiniaid yno. Ond doedd o ddim wedi meddwl am y broblem o gael bwyd i Roli! Cofiodd bod bron i hanner llond bag mawr o fwyd cyflawn yng nghefn y car. Sylweddolodd yn sydyn: dim car—dim bwyd.

'Paid ag edrych mor bryderus. Fe fydd yna ddŵr a thrydan yma tan ddiwedd y mis a fydd neb eisio'r warws tan hynny. Dyna pryd mae'r les yn dod i ben. Cyfrifoldeb y Cyngor Tref fydd o wedyn.'

Diwedd y mis! Roedd digonedd o amser tan hynny! Byddai'n siŵr o fedru trefnu rhywbeth cyn hynny . . . Fydden nhw wedi cael lle iddyn nhw'u hunain. Siŵr o fod. Gallai Dad fod efo nhw, hyd yn oed. O leiaf, roedd o wedi cael lle i Roli aros, a hynny oedd y peth pwysicaf ar y funud.

'Iawn!' addawodd Aaron. 'Edrychwn ni ar ôl y gath hefyd, siŵr iawn. Mae Roli'n gi da. Fydd o'n ddim trafferth o gwbl. Rydw i'n addo hynny ichi. Ac mae o'n siŵr o edrych ar ôl y warws! Wir! Mi fedar o gyfarth yn chwyrn iawn pan fydd o eisio. A chwyrnu'n gas hefyd. Fe fydd yn gi gwarchod ardderchog! O! Diolch i chi,' meddai o waelod ei galon. 'Diolch yn fawr iawn.'

4

'O! Rydw i wrth fy modd!' meddai Steph. 'Gest ti syniad ardderchog! Sut feddyliaist ti am y warws?'

'Sut feddyliaist ti am nôl Roli o'r car?'

Chwarddodd y ddau. Roedd Steph allan yng nghefn y lloches yn aros am Aaron pan redodd ei brawd yn ôl nerth ei draed, gyda Roli'n dynn wrth ei sodlau, i ddweud yr hanes. Am funud bach roedd popeth yn iawn . . . nes y gwelodd Aaron beth oedd yn ddigwydd ym muarth cefn y lloches.

Cip gafodd o i ddechrau—gweld rhywbeth yn symud o gil ei lygad a hynny'n gwneud iddo droi ei ben i edrych yn iawn.

'Newydd gyrraedd maen nhw,' eglurodd Steph wrtho.

Syllodd y ddau ar grafanc y peiriant enfawr yn hofran uwchben sgerbwd du eu car nhw. Safai lorri gerllaw, yn barod i gario'r sgerbwd i ffwrdd.

'Dydw i ddim eisio'u gweld nhw'n mynd â fo,' meddai Aaron.

'Tacsi Dad oedd o,' snwffiodd Steph a throi draw. 'Well inni fynd i rywle . . .'

'Awn ni â Roli am dro cyn inni fynd ag o i'r warws.'

Roedd amryw o bobl wedi aros ar ochr y ffordd o

flaen y tŷ i wylio beth oedd yn digwydd. Roedd y rhan fwyaf o bobl Bryn Eithin naill ai'n gwylio drwy'r ffenestri neu'n sefyllian wrth y drws cefn. Fel roedd Steph ac Aaron yn cychwyn yn ôl i gyfeiriad y tir gwyllt, meddai Aaron,

'Aros am funud bach, Steph.'

Edrychodd hithau i'r un cyfeiriad ag o a gweld Kieran a Liam yn gadael y criw ar y buarth ac yn cychwyn ar hyd y ffordd fawr, i gyfeiriad strydoedd y dref. Y munud hwnnw, cychwynnodd Aaron ar eu holau.

'Brysia! Ty'd efo fi!' galwodd dros ei ysgwydd a rhedeg ar hyd y palmant. 'Ydi tennyn Roli gen ti?'

'Oes rhaid inni ei glymu fo?'

'Rhaid . . .' Doedd Aaron ddim yn tynnu ei lygaid oddi ar Kieran a Liam. 'Ond lle mae ei dennyn o?'

Tawodd yn sydyn. Gwyddai beth oedd yr ateb. Yn y car, siŵr iawn. Yn y car—efo'r bwyd a'r bêl a'r blanced roedd Roli'n hoffi swatio'i ben arni . . .

'Mae Roli wedi hen arfer ar strydoedd tref,' meddai Steph. 'Wn i ddim pam wyt ti'n poeni!'

'Ti'n iawn! Ty'd 'laen! Rydan ni wedi colli digon o amser,' meddai wrth ruthro i ffwrdd.

Rhedodd Steph hefyd a dilynodd Roli, yn cadw'n dynn wrth ochrau'r ddau heb symud oddi ar y palmant na chyffroi dim, gyda'r traffig yn gwibio heibio. Fel roedd y ddau fachgen yn cyrraedd y grisiau i fynd i lawr i'r twnnel a arweiniai o dan y ffordd osgoi, stopiodd Kieran am eiliad, ei law ar y canllaw.

'Aros am funud bach!' galwodd Aaron arno.

Trodd Liam ei ben hefyd. Y munud y gwelson nhw Aaron a Steph, daeth golwg wedi dychryn yn arw ar eu hwynebau a neidiodd y ddau i lawr y grisiau gan ddiflannu o'r golwg.

'Rydw i'n iawn!' gwaeddodd Aaron yn fuddugol-iaethus gan lamu ymlaen ar fwy fyth o wib. 'Fydden nhw ddim yn dianc o'n blaenau ni petaen nhw'n ddieuog . . .'

'Dwi ddim yn dallt, Aaron,' galwodd Steph. Thrafferthodd Aaron ddim i'w hateb, dim ond llamu i lawr y grisiau.

Fel roedden nhw a Roli'n cyrraedd y gwaelod, roedd Kieran a Liam hanner y ffordd ar hyd y twnnel yn rhedeg nerth eu traed.

'Ddaliwn ni byth mohonyn nhw!' gwaeddodd Steph ar Aaron.

'Dalia nhw, wàs! Dalia nhw!' gwaeddodd Aaron ar Roli.

Rhuthrodd Roli o'u blaenau, a blew hir ei gorff yn ysgwyd i fyny ac i lawr ar ei gefn, ei gynffon yn chwifio fel baner, y poer yn diferu oddi ar ei dafod.

'Bow-wow-wow!' cyfarthodd yn llawen.

Atseiniodd sŵn ei gyfarth drwy'r twnnel.

'WAAAAAA!' sgrechiodd Kieran a Liam, gan ychwanegu at y twrw arswydus a swatio'n ofnus gyda'u cefnau ar y wal ychydig fetrau o ben arall y twnnel. Eisteddodd Roli'n llonydd rhyngddyn nhw a'r ffordd tuag at y grisiau yn y pen draw. Doedd dim brys bellach. Symuden nhw ddim a Roli'n eu gwylio.

'Ond *pam* . . ?' gofynnodd Steph yn ddiddeall, gan edrych ar Aaron a disgwyl ateb.

Cyn iddo hyd yn oed agor ei geg, meddai Kieran wrth weld llygaid Aaron arno,

'Nid ni wnaeth! Wir! Nid ni wnaeth!'

'Nage!' meddai Liam, yr un mor bendant, a'i wyneb yn fflamgoch.

Syllodd Aaron arnyn nhw am eiliad heb ddweud 'run gair.

'Roeddwn i'n iawn,' meddai o'r diwedd, ei lais yn swnio'n fflat.

Gwylltiodd Steph. 'Ynghylch be?' gwaeddodd arno. 'Dyma ti wedi gwneud imi redeg yr holl ffordd i fan'ma a wn i ddim pam . . .'

'Y tân,' atebodd Aaron yn araf, gan ddal i edrych ar y bechgyn o hyd. 'Nhw roddodd dacsi Dad ar dân.'

Roedd o wedi rhyfeddu fod modd i'w deimladau newid mor sydyn. Pan oedd o wedi dechrau dilyn y bechgyn, doedd o ddim yn *berffaith* siŵr mai nhw oedd wedi rhoi'r car ar dân. Ond y munud roedden nhw wedi ffoi heb wybod beth roedd o eisiau, roedd wedi cael sicrwydd ei fod yn iawn. Yna, ysai am eu dal a'u cosbi'n hallt am wneud peth mor *ofnadwy* . . .

Felly, beth oedd wedi newid?

Roedden nhw wedi dal Kieran a Liam. Dyna lle roedden nhw, eu cefnau at wal y twnnel, y chwys yn rhedeg i lawr eu hwynebau, a'u cyrff yn syth o ofn. Ac yn edrych mor fach—fel dau gorrach. Anadlodd Aaron yn ddwfn. Llifodd arogl sur, annymunol y lle—arogl toiledau budr—i'w ffroenau. Doedd y twnnel ddim yn lle i oedi ynddo.

Yr ofn yn eu llygaid orffennodd Aaron. Fedrai o ddim dioddef edrych ar neb oedd gymaint â hynny o ofn . . . a fo oedd wedi gwneud iddyn nhw deimlo felly. Doedd ganddo fo mo'r stumog i ddial mwy ar Kieran a Liam.

Roedd Steph hefyd, am unwaith, yn fud, ond daeth ati ei hun yn ddigon cyflym. Roedd hi'n *wallgo*!

'Rhoi ein car ni ar dân? Pam?' gwaeddodd.

Roedd y bechgyn wedi dychryn gormod i'w hateb. Ond pan gamodd hi atyn nhw'n fygythiol, a phan gododd Roli o'i le a nesáu atyn nhw'n araf ac yn bwrpasol, llyncodd Kieran ei boer, snwffio a dweud,

'Dim ond chwarae oedden ni. Doedden ni ddim yn bwriadu ei losgi o i gyd. Gwneud tân bach oedden ni . . .'

'CHWARAE?' sgrechiodd Steph gan ymestyn ei gwddf fel bod ei hwyneb bygythiol yn union o flaen trwyn Kieran. 'Chlywaist ti ddim am chwarae'n troi'n chwerw?' Cydiodd yn Liam a'i ysgwyd. 'Be sy wedi digwydd i ti? Wyt ti wedi colli dy dafod neu rywbeth?'

Cyffrôdd Aaron yn sydyn. 'Wyddech chi fod Roli yn y car?' gofynnodd.

'Trio *lladd* Roli oeddech chi?' gofynnodd Steph, a'i llais yn crynu.

Am eiliad, roedd y twnnel yn berffaith dawel. Yna, atebodd Kieran yn gloff, 'Fyddai o wedi bod yn sbort ei weld o'n dod allan.'

Agorodd ceg Steph, yn barod i sgrechian arno.

'Taw,' meddai Aaron wrthi'n dawel. 'Dwyt ti ddim haws â dweud dim byd. Dydyn nhw ddim yn deall.'

'Ddim yn deall beth?'

'Ddim yn deall sut i drin anifeiliaid. Ddim yn gwybod fod cam-drin anifail yn beth mor ddychrynllyd . . .'

'Gad iddyn nhw fynd, Roli,' meddai Aaron yn sydyn. 'Dydyn nhw ddim gwerth y drafferth. Cwyno ein bod ni'n eu bwlio nhw wnaen nhw. Ty'd, Steph.'

Trodd y ddau eu cefnau ar y bechgyn a rhedeg yn ôl ar hyd y twnnel. Rhedodd Roli wrth eu hochrau a dechrau cyfarth drachefn, fel petai'n mwynhau clywed sŵn yr eco, ond chymerodd yr un o'r ddau sylw ohono.

'Aaron,' meddai Steph, yn swnio fel petai hi mewn penbleth braidd. 'Wyt ti'n cofio Llanrhos?'

'Wel ydw, siŵr iawn!'

'Roedd 'na blant drwg yn fanno, yn toedd? Ond fasan nhw ddim wedi gneud hynna, na fasan? Ddim wedi trio brifo anifail . . ?'

Arafodd y ddau. Atebodd Aaron ddim. 'Awn ni'n ôl i ddweud wrth bawb yn y lloches. Rhag iddyn nhw wneud peth mor hurt eto ac i rywun gael ei ladd,' meddai o'r diwedd.

'Trist, yntê?' meddai Steph yn ddistaw. 'Mae'n rhaid nad ydyn nhw erioed wedi bod yn ffrindiau efo anifail.'

'Rwyt ti'n iawn. Mae'n rhaid nad ydyn nhw ddim.'

5

Roedd Roli'n anniddig yn y warws. Cerddai i fyny ac i lawr, rownd a rownd, yn ôl ac ymlaen, i mewn ac allan . . . cyn belled ag roedd y gadwyn a'i clymai wrth ddolen y drws bychan yn caniatáu. Cadwyn weddol ysgafn oedd hi, ac roedd hi'n hir. Roedd ganddo ddigon o le i symud er ei fod yn sownd.

Ar lawr y swyddfa, o flaen y tân trydan, eisteddai clamp o gath ddu a gwyn fawr, ei chynffon yn dwt o amgylch ei thraed, ei llygaid wedi'u hoelio ar Roli. Bob tro roedd y ci yn camu dros y rhiniog i mewn i'r adeilad, codai ei gwrychyn a dechrau chwyrnu.

O ben yr ysgol lle safai yn clirio silffoedd uchaf y swyddfa, trodd Pete ei ben i wylio'r gath yn gwylio'r ci. Chwarddodd a daeth i lawr at y ddau.

'Gwranda di, Herbert,' meddai'n ddifrifol wrth y gath. 'Paid ti â bod yn gas wrth y ci 'na. Mae arno yntau angen cartre hefyd.'

Chymerodd Herbert ddim sylw ohono, dim ond dal i syllu ar Roli. Symudodd ei lygaid melyn ddim o gwbl. Aeth Pete at y sinc yn y gornel. Cydiodd yn y tecell trydan a rhoi dŵr ynddo.

'Amser paned,' meddai wrth Herbert.

Gan gadw'i lygaid ar Roli, cododd Herbert o'i le wrth y tân ac aeth at Pete. Erbyn i'r tecell ferwi, ac i

Pete estyn y tun bisgedi oddi ar yr hen ddesg yn y gornel, roedd o'n rhwbio'i ben ar fferau Pete ac yn canu grwndi, yn gwybod yn iawn y câi damaid blasus ganddo.

Rhoddodd Pete ddyrnaid o fwyd sych o waelodion sach wedi rhwygo ar soser i'r gath. Tywalltodd dipyn o lefrith i ddysgl a rhoddodd y bwyd a'r ddiod ar lawr wrth ymyl ei gadair ger y ddesg. Dechreuodd Herbert fwyta, yn crensian y darnau bychain o gig sych yn ei geg. Cyn dechrau yfed ei baned, cerddodd Pete i ben draw'r warws. Daeth yn ei ôl gyda sachaid o fwyd ci, a honno hefyd wedi rhwygo.

'Waeth iti gael tipyn o hwn ddim,' meddai wrth Roli. 'Chest ti fawr o frecwast bore 'ma, naddo, wàs? Mae golwg ddigalon arnat ti.'

Tynnodd ei law dros ben y ci. Gadawodd Roli iddo roi mwythau iddo, ond wnaeth o ddim ymateb. Dim ysgwyd ei gynffon. Dim llyfu llaw Pete. Dim byd. Chymerodd o ddim sylw chwaith o'r bisgedi oedd gan Pete yn ei law. Gadawodd Pete nhw ar lawr wrth ymyl y bowlen ddŵr. Doedd Roli ddim wedi cyffwrdd hwnnw chwaith.

'Dwi ddim yn dy ddeall di, nac ydw wir,' meddai Pete wrtho. 'Mae'n *rhaid* dy fod ti eisio bwyd. Aaron yn dweud mai yn y bore rwyt ti'n arfer cael dy fwydo. A chest ti fawr cyn dod o'r tŷ . . . dim ond rhyw grystyn neu ddau gan yr hogan fach. A dyma hi'n ganol pnawn a chditha'n gwrthod tamaid bach. Ty'd yn dy flaen, wir! Edrycha ar Herbert! Dim ond croen am yr asgwrn oedd o pan gyrhaeddodd o yma. Yn berwi o chwain, a bron yn rhy wan i gerdded. Ond mae sglein dda ar ei flew o erbyn hyn. Dangos iti nad oes dim byd o'i le ar y bwyd . . .'

Ond wnaeth Roli ddim ond syllu'n ddigalon arno.

Syllodd Pete arno yntau. 'Tybed . . .' meddai'n sydyn. 'Tybed wyt ti'n un o'r cŵn hynny sy'n gwrthod bwyd gan bawb ond ei berchennog?'

Gai mai newydd ddod i adnabod Roli oedd Pete, doedd bosib, wrth gwrs, iddo wybod mai fel yna'n union roedd Roli pan aeth tad Aaron i ffwrdd. Heb fwyta dim am ddyddiau. Ei gynffon yn llipa rhwng ei goesau, a'i glustiau'n llonydd ar ei ben. Ac yn awr roedd Steph ac Aaron wedi mynd hefyd, ac wedi ei adael mewn lle dieithr. Y munud y trodd Pete draw, dechreuodd Roli gerdded drachefn, i fyny ac i lawr, rownd a rownd, yn ôl ac ymlaen, i mewn ac allan . . .

Pan eisteddodd Pete i lawr i gael paned, neidiodd Herbert i sefyll ar fraich y gadair. Rhwbiodd ei ben ar ei ysgwydd gan ganu grwndi fel injan. Toc, fel roedd Pete yn gorffen ei baned, neidiodd Herbert i lawr oddi ar ei lin. Yna, yn bwrpasol, a'i gynffon yn syth i fyny, dechreuodd gerdded i gyfeiriad Roli.

Ond doedd Roli ddim yn edrych arno. Roedd wedi troi draw a'i glustiau wedi codi. Draw o'r ffordd fawr clywid rhu lorri drymach na'r cyffredin yn mynd heibio, ac am funud tybiodd Pete mai dyna oedd wedi tynnu sylw'r ci. Ond gwelodd ei fod yn edrych yn syth o'i flaen a'i gynffon yn symud. Yr eiliad nesaf roedd ar ei ddwy goes ôl ac yn dawnsio o lawenydd ar ben draw'r gadwyn. Steph oedd y gyntaf i gyrraedd ato.

'Hai, Roli! Haia!' gwaeddodd.

Taflodd ei breichiau o amgylch ei wddf. Neidiodd yntau i sefyll ar ei ddwy goes ôl a dechrau ei llyfu hi, ei boch, ei gwddf, ei dwylo . . . Roedd Aaron yn dynn ar ei sodlau. Sbonciodd Roli'n wyllt tuag ato, ei gadwyn yn rhuglo'n swnllyd ar hyd y llawr concrit. Roedd hi'n rhy fyr i Roli fedru cyrraedd at Aaron a chafodd ei blycio'n ôl. Gwawchiodd yntau wrth i'r coler frifo'i wddf. Ond llamodd Aaron ato, ei ddwylo'n mwytho'i ben ac yn llyfnhau ei flew.

'O!' llefodd Steph yn ofidus gan edrych i gyfeiriad Pete. 'Gas ganddo fo fod yn sownd. Fyddwn ni byth . . .'

Prociodd Aaron hi yn ei hochr â'i benelin er mwyn iddi gau'i cheg. Gwyddai'n iawn sut roedd hi'n teimlo. Y munud y gwelson nhw Roli ar y gadwyn wrth y drws, roedd rhyw hen saeth annifyr wedi mynd drwy'i gorff yntau. Doedd Roli byth yn cael ei adael yn sownd. Yn y tŷ efo nhw i gyd fyddai o bob amser. Roedd ganddo ei wely ei hun wrth ymyl y twymwr yn y gegin a châi ryddid i grwydro drwy'r tŷ ac allan i'r ardd, yn ôl ac ymlaen fel mynnai. A dyma fo . . . ar gadwyn! Mewn lle dieithr, heb neb roedd o'n ei adnabod . . . roedd yn siŵr o fod yn torri'i galon yn lân.

'Dwi'n deall yn iawn sut rwyt ti'n teimlo, Roli bach,' sibrydodd Aaron yn ei glust. 'Hen ddiwrnod annifyr gawson ninna hefyd 'sti. Ysgol newydd. Popeth yn ddierth.' Ac yna, dan ei ddannedd, siarsiodd Steph i beidio â dweud gair, rhag ofn iddyn nhw bechu yn erbyn Yncl Pete.

Cododd Aaron ei ben ac edrych ar Yncl Pete. Doedd o ddim yn edrych yn flin. Roedd o'n symud sachau llawn bwydydd anifeiliaid yn nes at y drws mawr, yn barod i ryw lorri eu codi i fynd â nhw oddi yno yn ystod y dyddiau nesaf mae'n debyg. Gwelodd y gath yn neidio i ben un o'r sachau, cyn agosed at Roli ag y medrai fynd, ond sylwodd Roli ddim. Roedd o'n dal yn rhy falch o'u gweld nhw ill dau, yn dawnsio o'u cwmpas fel rhywbeth gwyllt, ei gynffon yn chwifio'n lloerig.

'Gollyngwch o'n rhydd,' galwodd Yncl Pete. 'Doeddwn i ddim am wneud cyn i chi ddod, rhag ofn iddo fynd i grwydro i chwilio amdanoch chi neu rywbeth.'

Gwyddai'r ddau yn iawn beth oedd 'neu rywbeth' yn ei feddwl. Gyda'r traffig yn rhuo'n gyson uwch eu pennau roedd yn anodd iawn peidio sylweddoli hynny.

Daeth Yncl Pete draw atyn nhw. 'Ewch â fo am dro iawn,' meddai wedi iddynt rhyddhau Roli. 'Os ewch chi ymlaen dipyn ar hyd y llwybr acw, fe gyrhaeddwch chi at yr afon. Mae 'na ddigon o le iddo fo redeg ac i chwarae efo chi. Mae gynnoch chi rhyw awr go dda cyn imi fynd adref. Dowch yn ôl cyn hynny.'

O gil ei llygad gwelodd Steph ddarn o bren a rhuthrodd i'w godi.

'Ty'd Roli! Ty'd!' gwaeddodd, gan redeg a thaflu'r pren cyn belled fyth ag y medrai oddi wrthi. Stopiodd Roli ruthro o gwmpas am eiliad. Safodd yn stond ac edrych ar Aaron.

'Be sy'n bod arnat ti'r lolyn?' gofynnodd Aaron gan chwerthin. Yna, tawodd yn sydyn. 'Iawn,' meddai, a'i lais yn swnio'n gryg. '*Dos i'w nôl o.*'

Ac i ffwrdd â Roli.

Synhwyrodd Aaron fod Yncl Pete yn edrych arno. Yn edrych fel petai rhywbeth nad oedd yn ei ddeall yn iawn. Roedd yn rhaid iddo geisio egluro. I feddwl fod Roli'n dal i gofio . . .

Llyncodd ei boer. 'Y peth olaf,' meddai'n araf ac yn gryg, 'y peth olaf roedden ni'n ceisio'i ddysgu i Roli gartref . . . cyn inni ddod yma . . . oedd iddo eistedd yn llonydd nes i Steph neu fi ddweud "Dos i'w nôl o" a thaflu rhywbeth iddo.'

Fedrai o ddim dweud dim byd arall.

'Ac mae o'n cofio, er gwaetha popeth sydd wedi digwydd,' meddai Yncl Pete yn araf, fel petai wedi darllen ei feddwl.

Nodiodd Aaron. 'Diolch yn fawr ichi,' ychwanegodd yn frysiog. 'Am adael iddo ddod yma. Ac am edrych ar ei ôl o drwy'r dydd inni.'

'Doedd o'n ddim trafferth o gwbl.' Cydiodd Pete mewn brws. 'Wel . . . heblaw ei fod o'n gwrthod yn lân â bwyta ac yfed pob dim dwi wedi'i osod o dan ei drwyn. Dim ond edrych fel llo arna i a gwneud imi deimlo fel rêl lembo!' meddai, gan ddynwared Roli.

Roedd chwerthin heintus Steph wedi cydio yn Aaron cyn iddo gael cyfle i gofio am y tro diwethaf y gwrthododd Roli fwyta. 'Fydd o'n siŵr o gymryd bwyd a dŵr gynnon ni,' meddai Aaron rhwng chwerthin.

'Yn enwedig ar ôl iddo gael rhedeg o gwmpas tu allan,' ychwanegodd Steph.

'Gwrandwch rŵan,' meddai Yncl Pete yn ddifrifol. 'Fydd dim rhaid ichi boeni dim amdano fo wedi imi orffen yma chwaith. Fydd o'n iawn yn rhydd ar ei ben ei hun yn y warws. Mae o'n gi digon call . . . ar y cyfan!' Yna dechreuodd frwsio'r darn o'r llawr lle roedd o wedi symud y sachau.

Rhedodd Roli yn ôl atyn nhw a gollwng darn o bren wrth draed Aaron.

'Brysia!' galwodd Steph, a rhedeg yn ôl atyn nhw.

'Wnawn ni baratoi lle iddo fo gysgu pan ddowch chi'n ôl,' addawodd Yncl Pete.

Gwelodd Aaron wyneb Steph yn cymylu am funud. Gwyddai fod yn gas ganddi fod heb Roli yn agos atyn nhw drwy'r nos.

'Dos i'w nôl o!' gwaeddodd yn uchel gan redeg i lawr y llwybr a thaflu'r pren i Roli. Roedd yn rhaid iddyn nhw wneud yn fawr o bob un cyfle i gael amser braf efo'i gilydd, y tri ohonyn nhw. 'Brysia, Steph!' gwaeddodd Aaron.

Cefnodd y tri ar y warws a rhuthro i lawr y llwybr. Fel roedden nhw'n mynd, cododd Herbert y gath ar ei draed. Stopiodd Pete frwsio'r llawr, gan edrych ar y gath yn neidio i lawr oddi ar ben y sach ac yn cychwyn ar eu holau. A'i gynffon yn syth yn yr awyr, i ffwrdd ag o i lawr y llwybr. Ysgydwodd Pete ei ben yn syn.

'Herbert bach! Be sy 'di dod dros dy ben di?' gofynnodd gan chwerthin.

Cafodd Aaron a Steph hwyl fawr yn gwylio Roli'n rhedeg yn hapus ar hyd y llwybr. Pan ddaethant at yr afon, eisteddodd y ddau ar garreg fawr ar y lan, gan wylio Roli'n snwffian rhwng gwreiddiau'r coed.

Ac yna stopiodd yn sydyn. Trodd ei ben. Cododd ei glustiau yn syth i fyny. Edrychodd y plant i'r un cyfeiriad ag o . . . a gweld Herbert—y gath ddu a gwyn fawr—yn eistedd ar garreg ger ochr y llwybr yn syllu ar Roli. Ffliciodd ei llygaid i'w cyfeiriad nhw am eiliad, yna trodd yn ôl a dal ati i wylio'r ci heb symud gymaint ag un o'i wisgars.

'Gas ganddo fo gathod, yn toes Steph?' meddai Aaron yn dawel.

'Mm,' cytunodd hithau heb dynnu'i llygaid oddi ar y ddau.

'Wyt ti'n cofio Dad yn sôn fod pawb yn stryd ni'n cwyno fod Roli'n rhoi amser caled i'w cathod?'

'Ydw!'

Yna, gwelsant Roli yn gwneud osgo fel petai ar fin rhuthro at y gath—ond newidiodd ei feddwl. Arhosodd yn yr unfan, ac yna, yn araf iawn, iawn, closiodd yn nes ac yn nes ati.

Gadawodd Hebert iddo nesáu gan ei wylio'n ofalus. Cododd ar ei draed. Stopiodd Roli. Neidiodd Hebert i lawr oddi ar y garreg a chychwyn yn urddasol yn ôl i fyny'r llwybr, ei gynffon yn syth i fyny, ei sgwyddau'n swagro o'r naill ochr i'r llall. Edrychodd Roli ar y plant, ac yna cychwyn i fyny'r llwybr yn dilyn Herbert.

'Well i ninnau fynd,' meddai Steph gydag ochenaid dawel.

Pan gyrhaeddon nhw ddrws y warws, pwy welson nhw'n martsio i mewn, heb gymryd unrhyw sylw o Roli, ond Herbert!

Ysgwyd ei ben yn ddryslyd wnaeth Yncl Pete pan ddywedon nhw fod Herbert wedi eu dilyn.

'Dwn i ddim be sy'n bod arno fo wir,' meddai. 'Mae o'n casáu cŵn fel arfer.'

6

'Whissshhht!'

Trodd Steph ac Aaron eu pennau mewn ymateb i'r chwiban clir. A dweud y gwir, doedd 'run o'r ddau wedi bod yn gwylio'r teledu fel pawb arall yn yr ystafell. Er eu bod nhw wedi bod yn syllu ar y sgrin, a bod yn onest doedd gan 'run o'r ddau unrhyw ddiddordeb yn y rhaglen.

Roedd Steph yn meddwl am yr hyn welodd hi pan oedden nhw ar eu ffordd yn ôl i'r warws ar ôl bod at yr afon efo Roli. Wrth redeg i fyny'r llwybr, cawsai gip o rywbeth o gil ei llygaid.

I ddechrau, roedd hi ac Aaron wedi gweld dau neu dri o blant yn chwarae draw yn y cyfeiriad hwnnw, ac Aaron wedi adnabod un ohonyn nhw ar ei union.

'Kieran ydi o,' meddai. 'Weli di ei wallt coch o?'

'Mae 'na lot o hogia eraill efo gwallt coch.'

'Nid yn fan'ma. Kieran ydi hwnna, bownd o fod. Dwi'n meddwl 'mod i wedi gweld y ddau arall efo fo yn yr ysgol heddiw.'

'Hen snichyn, yn achwyn arnon ni.' Dyna roedd Kieran wedi'i chwyrnu ar Aaron, ar ôl i'r ddau gael eu holi gan Anti Menna.

Ond doedd Aaron na Steff ddim yn teimlo'n annifyr nac yn euog o gwbl am ddweud wrth Mam beth roedden nhw wedi'i ddarganfod. Nid achwyn oedden nhw. Roedd yr wybodaeth yn rhy bwysig o lawer iddyn nhw ei chadw iddyn nhw'u hunain. Ond gwadu'n bendant wnaeth Kieran a Liam pan holwyd nhw yn y lloches, felly doedd dim byd wedi digwydd.

Doedd Steph ddim wedi cymryd fawr o sylw pan ddywedodd Aaron fod y brodyr ar y tir gwyllt, oherwydd roedd hi wedi gweld rhywbeth yn dod o giât gefn gardd y lloches. Fflach yn unig roedd hi wedi'i weld. Cip ar rywbeth yn symud drwy'r llwyni drain a'r perthi eithin. Blew hir mwng yn ysgwyd ar wddf. Blaen cynffon yn chwipio. Roedd hi'n meddwl iddi glywed gweryru hefyd. Gweryru sydyn . . . fel petai ceffyl wedi cael ei ddychryn. *Ceffyl* . . . yn y fath le. Oedd y peth yn bosib, tybed?

Doedd hi ddim wedi sôn gair am y peth wrth Aaron, rhag ofn iddo'i phryfocio. Gwybod y byddai'n dweud rhywbeth fel, 'Paid â mwydro, wir. Ti 'di mopio gymaint efo ceffylau, ti'n eu gweld nhw yn dy gwsg!'

Ac roedd o'n iawn—roedd hi'n dotio ar geffylau! Yn casglu lluniau ohonyn nhw ac yn eu gludio mewn llyfrau lloffion, yn casglu ceffylau bach gwydr a cheffylau bach pren, yn gwneud ceffylau bach ffelt ac yn tynnu lluniau o geffylau ar bob darn o bapur welai hi. Bob dydd Sadwrn, pan oedden nhw'n byw yn Arfryn, byddai'n mynd i Stablau Eryri yn syth ar ôl brecwast i helpu gyda'r ceffylau. Er bod sawl un arall wedi dechrau gwneud yr un peth, hi oedd yr unig un ddaliodd ati i fynd, bob dydd Sadwrn, ar gefn ei beic neu'n cerdded, drwy'r gwynt a'r glaw yn aml.

Dyna ddangosodd i'r perchenogion ei bod hi o ddifri. Roedden nhw wedi sylwi arni'n gwrando arnyn nhw ac yn eu gwylio'n dysgu plant eraill. Roedd pawb yn cael mynd ar gefn y ceffylau o'r caeau lle roedden nhw'n pori, ac i fuarth y stablau yn y bore ac yn ôl ar ddiwedd y dydd, ond hi oedd yr unig un gafodd gynnig gwersi marchogaeth am ddim.

Dim ond tair gwers gafodd hi cyn iddi orfod gadael Llanrhos . . . a dod i'r hen dref yma heb obaith gweld ceffyl, heb sôn am fynd yn agos at un. Wedi dychmygu'r ceffyl yna oedd hi, mae'n siŵr. Ceffyl mewn tref? Twt lol!

'Whisssshhht!'

Roedd chwiban Yncl Pete o ddrws yr ystafell wedi torri ar draws meddyliau Aaron hefyd. Dyma'r amser y byddai Steph ac yntau wedi sleifio allan drwy'r cysgodion at Roli i wneud yn siŵr ei fod yn iawn dros nos. Yr amser y bydden nhw wedi mynd ag o am dro fach ar y slei, a rhoi maldod iddo fo, a bisgeden, neu ddarn o gig, neu asgwrn.

Ond ddim heno. Roedd Roli ar ei ben ei hun bach mewn rhyw hen warws wag. Dros dro. Ble caen nhw ddigon o arian i brynu bwyd iddo wedi iddo orffen yr hyn oedd yn y sach gawson nhw gan Yncl Pete? Crwydrai'r cwestiynau i gyd drwy feddwl Aaron—heb ateb i 'run ohonyn nhw.

'Whissshhht!'

Edrychodd amryw yn yr ystafell i gyfeiriad Yncl Pete. Hoeliodd ei lygaid arnyn nhw ill dau. Pwyntiodd ei fys atyn nhw. Cyfeiriodd ei fawd dros ei ysgwydd.

Cododd aeliau'r ddau yn syn.

'Fi?' gofynnodd y ddau ar yr un gwynt.

Nodiodd yntau. 'Dowch! Efo fi!'

Roedd amryw o bobl a phlant eraill yno wedi troi i edrych arnyn nhw yn fusnes i gyd, ond buan iawn y collon nhw ddiddordeb a throi'n ôl i wylio'r teledu. Roedd y ddau'n falch fod eu mam wedi mynd i roi Zoë yn ei gwely. Doedd neb i'w rhwystro rhag mynd.

'Meddwl y bydden ni'n mynd i ddeud "nos da" wrth Roli,' meddai Yncl Pete wrthynt.

Gwenodd y ddau'n falch a rhedeg i gadw'n agos at Yncl Pete, oedd yn brasgamu tua'r warws. Taflai'r fflachlamp yn ei law gylchoedd melyn a llafnau hirion o olau i sboncio i fyny ac i lawr y llwybr o'u blaenau, yn dangos y ffordd rhwng y drain a'r tyfiant. Doedd sŵn byddarol y traffig trwm ddim i'w glywed. Roedd fel petai blanced drom y tywyllwch drosto wedi ei farweiddio a'i dawelu. Cododd Steph goler ei hanorac dros ei gwddf a gwthiodd Aaron ei ddwylo i'w bocedi i'w cadw'n gynnes yn aer oer y nos.

Ymddangosodd y warws yn glamp o gysgod mawr tywyll o'u blaenau.

'Pa ddrws ydach chi am agor?' sibrydodd Steph wrth glywed yr allweddi'n tincian yn llaw Yncl Pete. Sibrwd, er na wyddai pam roedd hi'n gwneud hynny.

'Dydi o ddim yn werth agor y drysau mawr,' oedd yr ateb.

Clic. Yr allwedd yn troi. Gwiiich. Y drws bychan yng nghanol yr un mawr yn agor.

'Rhyfedd!' sibrydodd Aaron hefyd. 'Rhyfedd na fyddai Roli'n cyfarth wrth glywed sŵn.' Poenai rhyw ychydig bach. Dim smic—ac yntau wedi pwysleisio ci gwarchod mor dda fyddai Roli.

'Doedd o ddim yn cyfarth yn y car, nac oedd?'

'Nac oedd.'

'Ac mae o mewn lle dieithr yn fan'ma.'

'Dyna pam ei fod o'n ddistaw, mae'n siŵr.'

Aeth Yncl Pete i mewn, a golau'r lamp yn gwneud llwybr drwy'r tywyllwch du, dwfn. Roedd y concrit yn oer o dan eu traed wrth iddyn nhw ei ddilyn i'r swyddfa yn y gornel ar y chwith i'r drws. Clywodd y ddau o'n chwerthin yn dawel.

'Be sy?' gofynnodd y ddau ar yr un gwynt.

'"Mi wnaiff o edrych ar ôl y lle 'ma" . . . dyna ddwetsoch chi!'

‘Ie . . .’

‘Ci gwarchod, wir! Choelia i fawr!’

Symudodd Yncl Pete i’r ochr i wneud lle iddyn nhw. Cadwodd olau’r fflachlamp ar y gornel bellaf.

Dwmp, dwmp, dwmp.

Clywodd y ddau y sŵn. Roedden nhw’n gwybod yn iawn sŵn beth oedd o—cynffon Roli’n dobio ar y llawr i ddweud wrthyn nhw mor falch oedd o o’u gweld nhw.

Ond symudodd o ddim. Chododd o ddim, na rhuthro i’w cyfarfod chwaith—byddai hynny wedi styrbio rhywun arall.

Herbert.

Hebert, a orweddai’n dorch fawr fodlon yng nghesail Roli, yn canu grwndi’n braf. Roedd o’n agor ac yn cau ei lygaid mawr melyn yng ngolau’r fflachlamp ac yn edrych arnyn nhw’n ddiog.

‘Ddylai neb styrbio anifail ar ei orffwys,’ meddai Yncl Pete.

Ac wedi rhoi eu dwylo ar ben Roli i ddweud ‘nos da’ wrtho, a rhoi mymryn bach o fwythau i Herbert hefyd, aeth Steph a Roli oddi yno ar flaenau’u traed.

7

'Stephanie . . .' galwodd Mam.

Stopiodd Steph fel roedd hi'n mynd allan drwy'r drws. Gwyliau hanner tymor o'r ysgol oedd hi ac Yncl Pete, gan ei fod wedi gorffen gweithio yn y warws yn swyddogol ac wedi dechrau yn y lloches newydd, wedi rhoi allwedd y drws bychan iddi hi ac Aaron. Hongiai ar linyn o amgylch ei gwddw, yn siglo'n ôl ac ymlaen wrth iddi redeg. Suddodd ei chalon. Gwyddai'n iawn fod rhywbeth yn bod.

'Gei di warchod Zoë . . .'

'Ond Mam . . .'

Roedd gan Steph ei chynlluniau ei hun. Doedd hi ddim wedi sôn yr un gair wrth neb am yr hyn welodd hi ar y tir gwyllt. Roedd hi ac Aaron yn cymryd eu tro i fynd â Roli am dro, ac i'w fwydo fo a Herbert. Ei thro hi oedd hi'r bore yma, ac wrth fynd â Roli am dro roedd hi am geisio gweld oedd hi'n iawn ai peidio. Roedd y peth mor afresymol—ceffyl yn y fath le! Doedd hi ddim eisiau i neb chwerthin am ei phen am feddwl peth mor lloerig.

'Does dim dadlau i fod. Mae'n rhaid i mi fynd i lawr i'r dre i weld pobl y Gwasanaethau Cymdeithasol, neu fydd gynnon ni ddim to uwch ein pennau'n fuan iawn.'

'Dim dadlau i fod, wir,' cwynodd Steph o dan ei gwynt wrth iddi hi wisgo'i hanorac. 'Ro'n i'n gwybod hynny y munud y ces i 'ngalw'n Stephanie. Fyddi di byth yn 'y ngalw i wrth fy enw llawn os na fyddi di eisio rhywbeth annifyr.'

'Be ddwedaist ti?' gofynnodd Mam yn bigog.

'Dim byd,' ochneidiodd Steph. Fedra i ddim mynd â Roli i lawr at yr afon a draw i'r lle ro'n i'n meddwl imi weld ceffyl rŵan, meddyliodd. Wnâiff Zoë ddim byd ond cwyno. Mae hi'n rhy fach i gerdded cyn belled â hynny.

Swniai ei mam mor bryderus. Yn fuan iawn byddai'r lloches newydd ar agor ar gyfer pobl oedd ag angen cartref. Byddai'r rhan fwyaf o'r mamau a'r plant roedden nhw'n eu hadnabod yn mynd yno—ond fyddai eu teulu nhw ddim.

'Mi fydd 'na bump ohonoch chi pan ddaw Rhys allan. Fyddwch chi angen rhywle i chi fel teulu.' Clywsai Steph Anti Menna yn dweud hynny wrth Mam.

'Dim ond nes caiff Rhys waith,' oedd ateb Mam. 'Unwaith y bydd o wedi cael gwaith fe gawn ni forgais unwaith eto, a'n tŷ ein hunain. Fydd dim rhaid inni ddibynnu ar y Gwasanaethau Cymdeithasol na neb wedyn.'

Cofiai Steph ateb Anti Menna hefyd.

'Nina! Waeth iti heb â chuddio dy ben yn y tywod. Fydd hi'n siŵr o fod yn anodd iddo fo gael gwaith.'

'Wn i ddim pam,' oedd ateb blin Mam. 'Mae 'na ddigon o angen am yrwyr da. Ac mae Rhys yn yrrwr archerchog.'

'Ella wir. Ond waeth pa mor dda ydi o, does neb yn ei iawn bwyll yn mynd i'w gyflogi ac yntau wedi yfed *a* gyrru, nac oes?'

Doedd gan Mam ddim ateb i hynny, ond roedden nhw'n gwybod erbyn hyn y bydden nhw'n mynd i fflat neu dŷ yn rhywle. Ond ymhle, tybed?

Rhedodd Aaron i lawr y grisiau fel roedd Mam yn gwthio Zoë i gyfeiriad Steph.

'Swings? Si-so? Sglefr?' meddai eu chwaer fach yn llawen. 'Ty'd, Steph! Ty'd!'

Gwelodd Aaron nad oedd Steph wedi cael ei phlesio. Ac roedd o wedi synnu. Beth oedd yn bod? Fyddai'r un o'r ddau yn cwyno wrth warchod Zoë fel arfer. Roedden nhw ill dau yn cael llawer o hwyl efo hi. Chwarae teg, roedd hi'n llawer gwell rŵan ei bod hi'n cerdded a siarad a bwyta rhywbeth tebyg iddyn nhw. Pan oedd hi'n fabi doedd hi'n gwneud dim byd ond cysgu, sugno potel, gwlychu a baeddu. Roedd hynny'n hynod o anniddorol—heb sôn am fod yn afiach o ddrewllyd!

Cafodd gip ar yr allwedd ar ddarn o linyn o amgylch gwddw Steph . . . hi oedd yn mynd â Roli am dro . . . ond fe allai hi fynd â Zoë efo hi. Pam, felly, roedd hi'n edrych mor surbwch?

'Mam!' meddai Aaron. 'Wna i warchod Zoë. Fydd yn haws i mi fynd â hi efo fi.'

'Lle wyt ti'n mynd, felly?'

'Ym . . . ym . . . i'r siop welais i o'r bws pan oedden ni'n mynd i'r pwll nofio o'r ysgol. Dwi eisio'i gweld hi'n iawn. Fydd Zoë wrth ei bodd. Mae 'na deganau allith hi fynd arnyn nhw tu allan.'

Doedd o ddim eisiau dweud yn bendant i ble roedd o'n mynd. Doedd o ddim wedi sôn wrth Steph hyd yn oed . . . rhag ofn y byddai hynny'n anlwcus!

Edrychodd yn bryderus ar Mam. Doedd dim rhaid iddo boeni—roedd ganddi hi bethau pwysicach ar ei meddwl. Ac roedd hi'n gwybod ei fod yntau mor gyfrifol â Steph wrth warchod Zoë.

'Iawn 'te . . .' meddai hi.

Roedd Steph wedi diflannu drwy'r drws wrth i'r geiriau ddod o geg Mam. Teimlai'n hynod o gymysglyd. Y ceffyl a welodd hi yn ymyl y warws oedd ar ei meddwl. Ar y naill law, roedd yn gas ganddi feddwl am geffyl yn y fath le anaddas. Ar y llaw arall, roedd hi'n dyheu am weld un eto. Ar ôl yr holl wythnosau o heb fod yn agos at geffyl, heb fedru tynnu ei llaw dros gôt feddal, gynnes, heb deimlo anadl boeth ar ei gwddf, heb synhwyro ei arogl arbennig. Ond roedd yn *rhaid* iddi gael gwybod . . . Diflannodd allan drwy'r drws cefn.

Aeth Aaron a Zoë drwy'r drws ffrynt, a'r fechan yn mwynhau neidio ar bob gris i lawr at y ffordd. Pan gyrhaeddon nhw'r palmant, sylwodd ar y craciau ac wedyn roedd yn rhaid iddi gael cerdded ar hyd pob crac nes gwelodd hi lwybr arian malwen.

'Be 'dio, Aar?'

Chwiliodd Aaron am falwen yn y clawdd a dangos iddi, ac roedd hi wedi dotio. Ond wedyn roedd yn anodd ei chael hi i symud ymlaen ac i groesi'r ffordd o dan y ffordd osgoi ac i fynd ymlaen nes roedden nhw ar gyrion y dref ac wrth ymyl siopau mawr, newydd.

Heibio i siop anferth yn gwerthu carpedi . . . hawdd; doedd dim byd yno i dynnu sylw Zoë. Heibio i le gwerthu ceginau ac ystafelloedd ymolchi . . . trychinebus: Zoë'n cael sterics am na châi hi ddim mynd i mewn i gael cawod na bàth. Fedrai Aaron yn ei fyw ei chael hi i ddeall nad rhai go iawn oedden nhw, ac nad oedd dŵr ar eu cyfyl. Heibio i archfarchnad offer trydan . . . dychrynllyd: Zoë'n sgrechian am nad oedd wedi cael ei ffordd ei hun ac yn cicio a strancio wrth i Aaron ei chario.

Yna, cyrraedd *Pets4u*: dagrau Zoë'n diflannu, a'r cicio a'r strancio yn stopio. Roedd Zoë wedi gweld llun o gi blewog ar boster ac yn gweiddi, 'ROLI! ROLI! ROLI!'

'Nage. Nid Roli ydi o,' meddai Aaron gan ei

gollwng yn ddiolchgar i sefyll o flaen y drws mawr, gwydr. Rhwbiodd ei freichiau. Roedden nhw'n brifo ar ôl yr ymdrech o'i chario. Cydiodd yn ei llaw yn frysiog cyn iddi ddianc o'i flaen, ac i mewn â nhw. Roedd o'n dyheu am gael gweld popeth.

Clywsai gymaint am y lle. Hon, wedi'r cyfan, oedd yr archfarchnad oedd wedi gorfodi i warws Yncl Pete gau, gan eu bod yn cadw popeth posibl ar gyfer anifeiliaid anwes. Hon oedd wedi anfon taflenni i bob ysgol yn y cylch yn hysbysebu eu bod yn agor, ac yn cynnal cystadlaethau gyda gwobrau hael iawn. Roedd hynny cyn iddyn nhw ddod i fyw i'r dref, ond rhyw dridiau ynghynt roedd rheolwraig *Pets4u* wedi dod i wobrwyo'r plant o'u hysgol nhw oedd wedi ennill rhai o'r cystadlaethau. Roedd rhai o'r plant lleiaf o Adran y Babanod wedi cael gwobrau am liwio lluniau, ac un ferch o'r Adran Iau wedi ennill am sgwennu stori. Roedden nhw i gyd wedi cael tocynnau i brynu rhywbeth o'u dewis nhw yn *Pets4u*. Roedd Aaron yn ei gweld hi'n braf arnyn nhw. Ac wedi meddwl, mor braf fyddai gallu gwario'r tocynnau yna ar brynu bwyd i Roli.

Roedd y bwyd yn y sach gawson nhw'n mynd yn llai o ddydd i ddydd, er eu bod nhw'n cael sbarion o'r lloches i Roli. Cofiodd Aaron hefyd beth roedd rheolwraig *Pets4u* wedi'i ddweud wrth yr enillwyr pan gyflwynodd hi'r gwobrau iddyn nhw, ac wrth bawb yn yr ysgol oedd yn gwylio ac yn gwrando.

'Ella nad oes gynnoch chi anifeiliaid anwes,' meddai, 'ac y byddwch chi mewn tipyn o benbleth beth i'w wneud efo'r tocynnau yma. Wel, *gofalwch, beth bynnag wnewch chi*, na fyddwch chi ddim yn dod draw acw, yn dotio wrth weld rhyw greadur, ac yn rhoi'r arian yma tuag at ei brynu. Peidiwch, *da chi*, â gwneud hynny heb feddwl yn ofalus iawn. Mae angen arian ac amser i ofalu am unrhyw anifail anwes . . . hyd yn oed un bychan iawn, fel pysgodyn aur.'

Ar hynny roedd Safira, geneth o ddosbarth Aaron oedd wedi ennill gwobr, wedi codi ei llaw.

'Ie?' gofynnodd y rheolwraig.

'O . . . on . . . ond . . .' meddai hi'n betrus.

'Wn i'n iawn be sy'n dy boeni di!' gwenodd y rheolwraig. 'Oes gen ti anifail anwes?'

Ysgydwodd Safira ei phen.

'Meddwl prynu un am dy fod ti wedi ennill gwobr, yn ailfeddwl wedi clywed be ddwedais i, ac yn methu meddwl beth fedri di ei brynu mewn archfarchnad anifeiliaid os na chei di anifail?'

Nodiodd Safira.

'Wel, mi fydd yn rhaid iti dod draw acw iti gael gweld yn union beth sydd yna. I ddechrau, os wyt ti'n meddwl cael anifail anwes, mae yna ddigon o lyfrau yn trin ac yn trafod anifeiliaid. Fe elli di brynu rhai, eu darllen, ac wedi meddwl dros bopeth fyddi di wedi'i ddysgu, fel elli di wedyn benderfynu wyt ti am gael un. Ella y byddi di'n newid dy feddwl o ddeall faint mae'n gostio ac yn sylweddoli faint o ofal fydd ei angen arno.'

Roedd Aaron wedi troi i edrych ar Steph a'i gweld hi'n nodio. Gwyddai'n union am beth roedd hi'n meddwl. Cofiai fel roedd hi wedi wfftio at eneth oedd yn ei dosbarth hi yn Llanrhos. Roedd hi wedi swnian a swnian ar ei rhieni am gael merlen. Roedden nhw wedi gadael iddi gael gwersi marchogaeth am dipyn, ond roedd hi'n dal i swnian eisiau ei cheffyl ei hun. Roedd ei thad wedi prynu llyfr am geffylau iddi, ac wedi iddi ei ddarllen roedd hi wedi newid ei meddwl.

'Gormod o drafferth o lawer,' dyna oedd hi wedi'i ddweud. 'Doeddwn i ddim yn sylweddoli faint o amser mae'n gymryd i ofalu am geffyl.'

'Y peth gorau brynais iddi erioed,' oedd geiriau ei thad. 'Roeddwn i'n meddwl pan brynais i o ei fod o'n llyfr digon drud. Ond wir, roedd o'n rhad fel baw i gymharu â phris ceffyl a phopeth mae o ei angen.

'Faswn *i* ddim wedi meddwl ei fod o'n ormod o drafferth.' Dyna oedd Steph wedi'i ddweud pan ddywedodd hi'r hanes wrthyn nhw adref.

Na fasai, meddyliodd Aaron. Fasai hi wedi bod wrth ei bodd. Ond biti na fasai hi'n dweud y stori yna wrth bawb yn fan'ma rŵan. Fasan nhw'n sylweddoli wedyn fod rheolwraig *Pets4u* yn dweud y gwir.

'Rydan ni'n gwerthu cardiau ar gyfer pob math o achlysuron gyda lluniau anifeiliaid arnyn nhw, a modelau o anifeiliaid i'w rhoi yn yr ardd. Ornaments gwydr a theganau ffelt,' gorffennodd y rheolwraig. 'Ac os nad oes gynnoch chi anifail, fe ellwch chi brynu anrhegion i gi neu gath eich taid neu'ch nain neu bwy bynnag fynnwch chi . . . dowch draw i weld be sy acw. A chofiwch, os byddwch mewn rhyw fath o benbleth, gofynnwch i unrhyw un o'r staff. Rydw i a nhw yno i'ch helpu chi.'

A dyna'n union beth roedd Aaron yn ei wneud rŵan. Mynd draw i weld beth oedd yno. Safodd Aaron tu mewn i'r drws yn gwylio Zoë'n dod i mewn ac yn mynd allan trwy'r drws otomatig, a hwnnw'n agor ac yn cau. Ar yr un pryd gwibiai ei lygaid o amgylch yr archfarchnad enfawr, ei galon yn curo'n gyflymach bob eiliad.

Oedd! Roedd yn syniad da dod yno! Ysai am gael crwydro rhwng y silffoedd i weld popeth yn iawn. Ond gwyddai mai peth hurt fyddai gorfodi Zoë i adael y drws otomatig. Wnâi hi ddim byd ond sgrechian a thynnu sylw atyn nhw. Na! Roedd yn adnabod ei chwaer fach yn dda! Y cyfan roedd yn rhaid iddo'i wneud oedd aros iddi flino. Wedyn . . .

8

Pan gyrhaeddodd Aaron adref gyda Zoë, roedd Mam o'i cho'n las: yn wallgo, a dweud y gwir.

'Rhag dy gywilydd hi!' dwrdiodd yn gas.

Fyddai Mam byth yn dweud y drefn mor gas oni bai ei bod wedi gwylltio'n ofnadwy. Dychrynodd Aaron am ei fywyd. Roedden nhw'n hwyr yn dod adref, a gwyddai ei fod ar fai.

PETS4U!

Sôn am nefoedd ar y ddaear! Roedd o wrth ei fodd yno, ac roedd yr amser wedi mynd mewn chwinc. Doedd o ddim wedi sylweddoli ei bod hi mor hwyr, ymhell wedi amser cinio—yr adeg oedden nhw i fod yn ôl gartref. Agorodd ei geg a cheisio dweud, 'Nid fy mai i oedd o i gyd . . .'

'Taw!' arthiodd Mam yn flin.

Chwarae teg, meddyliodd Aaron, nid arna i oedd y bai *i gyd*.

Y drws hwnnw i ddechrau. Y drws otomatig. Yr un cyntaf i Zoë ei weld erioed. Roedd hi wedi gwirioni'n lân. Doedd dim modd ei chael i adael y drws a dod i mewn i'r archfarchnad am hydoedd. Roedd yn rhaid iddi gael mynd i mewn ac allan, eto ac *eto*!

Wrth gadw llygad ar Zoë roedd Aaron wedi bod yn darllen yr hysbysebion arno: cŵn ar werth, cathod bach angen cartref, arwerthiant adar dof, cyfrwy a ffrwyn addas i ferlod ar werth, angen lle i geffylau bori, a—reit wrth ei ymyl—tir ar osod, yn addas i geffylau. Wfftiodd hefyd fod yr hysbysebion mor ddi-lun, mewn llawysgrifen flêr, anodd ei dehongli yn aml, ar ddarnau o bapur blêr.

Roedd Zoë yn dal i fynd i mewn ac allan yn ddiflino trwy'r drws. Edrychodd Aaron o'i gwmpas yn gyflym. Doedd y lle ddim yn llawn. Oedd, roedd yno gwsmeriaid yn crwydro i fyny ac i lawr y llwybrau gyda'r basgedi weiren ar eu breichiau yn astudio nwyddau oedd ar gael, ond doedd y lle ddim yn orlawn, ddim o bell ffordd. Gan ddal i gadw llygad ar Zoë, chwiliodd am y gweithwyr. Roedden nhw'n ddigon hawdd i'w gweld—pawb yn gwisgo'r crysau cochion efo logo *Pets4u* arnyn nhw. Ac roedden nhw i gyd yn brysur. Dau ar y til, rhai eraill yn llenwi'r silffoedd, yn llusgo trolis llawn nwyddau o'r stordy, yna eu gwthio'n ôl yn wag.

Astudiodd Aaron ddwy o'r hysbysebion. Roedd un eisiau prynu ceffyl a'r llall eisiau gwerthu un. Doedd y ddau le ddim ymhell oddi wrth ei gilydd—roedd y cod ffôn yr un fath. Pam na fyddai rhywun wedi sylweddoli hynny, ac wedi cysylltu'r ddau le â'i gilydd?

'Wn i!' meddai'n uchel. 'Mae pawb sy'n gweithio yma yn rhy brysur i sylwi ar bethau bach fel'na!'

Chafodd o ddim amser i bendroni mwy am ei syniad gwych.

'Ty'd Aaron, ty'd!' gwaeddodd Zoë gan dynnu yn ei law, wedi blino o'r diwedd ar y drws hud. Roedd Aaron yn wirioneddol falch!

Fel roedden nhw'n cefnu ar y drws, gwelodd hysbyseb arall ar y wal—un gan *Pets4u* eu hunain. Roedd yn fwy, ac wedi ei argraffu ar gyfrifiadur. Prin y cafodd gyfle i'w ddarllen yn iawn cyn i Zoë ei dynnu ymlaen i lawr y llwybr.

'Adar bach!' gwaeddai. 'Eisio gweld adar bach!'

'Wedyn,' meddai'n bendant wrthi. 'Rwyt ti wedi cael chwarae efo'r drws. Rŵan dwi eisio darllen hwn. Iawn? Sbia ar y ci bach del! Ci fel Roli, sbia . . .'

A thra oedd hi'n ddistaw, am eiliad, a'i bawd yn ei cheg yn edrych ar galendrau â lluniau o gŵn arnyn nhw, llwyddodd Aaron i ddarllen hysbyseb *Pets4u* yn frysiog.

ADAR, PYSGOD
AC ANIFEILIAID BYCHAN YN UNIG
A WERTHIR YMA.

OS HOFFECH CHI ROI CARTREF
I GATH NEU GI
AC Y MEDRWCH OFALU AMDANYNT,
YNA MAE DIGONEDD AR GAEL
MEWN CANOLFANNAU LLEOL.

HOLWCH YN Y SWYDDFA.

‘Da iawn!’ meddai Aaron yn uchel. ‘Syniad da . . .’ Yna tawodd, ac edrych o’i gwmpas yn frysiog. Na! Doedd neb yn ddigon agos i’w glywed yn siarad efo fo’i hun ac i feddwl ei fod yn drysu . . . neb ond Zoë. Cododd hi ar ei fraich.

Ond doedd Zoë ddim yn gwrando. Roedd hi wedi gweld yr adar lliwgar yn hedfan yn ôl ac ymlaen yn y cewyll eang, ac yn clwydo ar y brigau tu mewn iddynt. Roedden nhw’n fendigedig ac roedd sŵn y trydar yn y fan honno bron â bod yn fyddarol. Fflach las, saeth werdd wrth iddyn nhw hedfan o amgylch; roedd yno ddigonedd o le ar eu cyfer. Roedd Zoë wedi dotio, a’i hwyneb yn bictiwr.

Ond ddywedodd Aaron ’run gair. Roedd yn gas ganddo weld yr adar mewn cawell. Er bod digon o le, doedden nhw ddim yn rhydd. Gwnaent iddo feddwl am Dad . . . doedd yntau ddim yn rhydd chwaith. Llanwodd ei lygaid â dagrau yn sydyn. Rhwbiodd nhw ymaith â chefn ei law.

‘Bwni!’ gwaeddodd Zoë wrth iddi hi weld y cwningod. Gwelodd Aaron un o staff *Pets4u* yn dod i fwydo’r cwningod a’r moch cwta oedd efo nhw yn y cawell.

‘Eisio gafael ynddi hi wyt ti?’ gofynnodd y dyn ifanc—Dylan, yn ôl ei fathodyn—yn glên wrth weld Zoë’n syllu ar gwningen fach lwyd, *chinchilla* ddigon o ryfeddod.

Nodiodd Zoë, yn wên o glust i glust. Gadawodd Dylan i Zoë ei helpu i roi bwyd i'r cwningod, a chynigiodd Aaron helpu i lanhau'r cawell.

'Ydach chi'n brysur iawn yma?' holodd wrth Dylan fel roedd o wrthi'n rhoi bwyd a dŵr ffres yn y cawell.

'Diolch iti am helpu. Oes, mae 'na ddigon i'w wneud,' oedd yr ateb. 'Bore a nos mae hi waetha . . . gwaith bwydo a glanhau a bwydo wedyn cyn cau dros nos. Mae 'na rai o'r staff yn gwneud esgus i beidio dod i mewn pan maen nhw i fod ar shifft gynnar a shifft hwyr. Mae hynny'n gwneud mwy o waith i'r gweddill ohonon ni.'

Ddywedodd Aaron ddim byd . . . ond yn rhywle ym mhen draw ei feddwl roedd rhyw syniad bach, bach yn cychwyn. Ond chafodd o ddim amser i feddwl rhagor. Roedd Zoë wedi blino ar y cwningod; erbyn hyn roedd wedi gweld y pysgod, ac roedd yn ei chwrcwd o flaen y tanciau, yn hanner-cropian, hanner-cerdded o'r naill i'r llall, ac yno y buon nhw am amser hir wedyn. Am ychydig, roedd Aaron wedi ei swyno'n llwyr wrth weld y pysgod yn gwibio rhwng y tyfiant; roedd fel cael eich tynnu i fyd hud a lledrith, heb unrhyw broblemau ynddo. Arhosodd yno gan syllu, yn cydio yn llaw Zoë. Safai hithau'n hollol lonydd, ei bawd yn ei cheg, yn dawel, dawel.

Bang!

'O! Sh . . . wgwr!'

Dylan oedd yno, yn sefyll y tu ôl iddyn nhw, a llond bag o fwyd ci wedi syrthio o ben y llwyth ar y droli wrthi iddo ei gwthio i waelod y llwybr. Yn y fan honno roedd bwydydd cŵn, tuniau cig a sacheidiau o fisgedi ar y chwith, a bwydydd cathod, tuniau cig a bwyd sych, ar y dde. Ond rŵan tywalltai'r bisgedi mân allan o'r bag papur ac ar hyd y llawr i bobman. Torrodd y sŵn ar draws hud a lledrith byd y pysgod. Deffrodd Aaron yn sydyn, a sylweddoli mor hwyr oedd hi. Ddylsen nhw fod wedi cychwyn yn ôl ers meitin.

'Bisged!' meddai Zoë, a dechrau casglu'r bwyd ci oddi ar y llawr.

'Paid!' meddai Aaron. 'Bwyd ci ydi o.'

'Bwyd Roli?'

Safodd Aaron yn hollol lonydd. Syllodd arni. Y rhywbeth bach, bach oedd fel hedyn wedi ei blannu yng nghefn ei feddwl gynnau—roedd o yno o hyd. Oedd! Ac roedd o'n tyfu . . .

'Bwyd Roli, ia?' holodd y fechan eto.

'Ie a nage,' atebodd yntau. Doedd dim pwynt trio esbonio wrthi.

'Adre,' meddai'n bendant, ac am unwaith doedd dim dadlau na strancio i fod.

Ara deg iawn fuon nhw'n mynd adref. Llusgo mynd. Fel malwen, meddyliodd Aaron. Ond chwynodd o ddim o gwbl. Wnaeth o ddim dwrdio am fod Zoë mor araf, na'i gorfodi i frysio o gwbl.

Wedi'r cyfan, heblaw amdani hi fyddai o byth wedi cael y SYNIAD: y syniad roedd o'n ei droi a'i drosi yn ei feddwl ar hyd y ffordd. A mwyaf yn y byd roedd o'n meddwl amdano, sicraf yn y byd oedd o ei fod yn syniad da. Fyddai o ddim gwaeth â rhoi cynnig arno, beth bynnag. Ysai am gyfle i redeg yn ôl i'r archfarchnad. Rhedeg i mewn i fwrlwm yr adeilad mawr eang i glywed trydar yr adar eto, ac arogleuo'r gymysgedd ryfeddaf o fwydydd ar gyfer yr holl anifeiliaid anwes. Ond fedrai o ddim. Ddim efo Zoë. Roedd yn rhaid iddo fynd â hi adref.

9

Roedd Aaron wedi penderfynu na fyddai'n sôn wrth neb am ei syniad . . . ddim nes y byddai wedi medru gwneud rhywbeth yn ei gylch, beth bynnag. Roedd yn dibynnu ar gymaint o wahanol bethau . . .

Diflannodd popeth o'i feddwl y munud y camodd i mewn drwy ddrws y lloches. Roedd o wedi dychryn wrth weld Mam mor flin am ei fod yn hwyr yn dod yn ôl efo Zoë.

'Rhag dy gywilydd di,' meddai hi wedyn. 'Be ddaeth dros dy ben di, Stephanie, i wneud peth mor gas?'

Dyna pryd y sylweddolodd Aaron nad siarad efo fo oedd hi. Edrych yn syth ar Steph oedd Mam, ac roedd ei galw'n 'Stephanie' yn arwydd clir ei bod am ddweud y drefn wrth ei merch. O'r olwg ar wyneb ei chwaer, gwyddai Aaron nad oedd hi'n difaru dim am beth bynnag roedd hi wedi'i wneud. Roedd ei gwefusau wedi eu gwasgu'n dynn at ei gilydd yn benderfynol. Roedd ei llygaid yn melltennu, ei hysgwyddau'n ôl a'i chefn yn syth. Edrychai'n herfeiddiol ar Mam heb ddweud 'run gair o'i phen. Edrychai fel petai'n gwasgu'r geiriau'n ôl—fel llosgfynydd ar fin ffrwydro'n danbaid i'r awyr, meddyliodd Aaron.

Safai amryw o bobl eraill yma ac acw yn y gegin. O gil ei lygaid gallai Aaron weld Kieran a'i fam. Roedd o'n snwffian crio ac yn cuddio'i ben yn ei hochr.

'Rydw i'n gwybod nad ydi o ddim yn angel . . .' meddai mam Kieran.

'Falch eich bod chi wedi sylweddoli hynny o'r diwedd,' meddai Aaron o dan ei wynt, yn rhy dawel i neb fedru ei glywed. 'Mae pawb arall yn gwybod hynny ers hydoedd. Hen gena bach dan-din ydi o, 'sach chi'n gofyn i mi.'

'Ond doedd o ddim yn haeddu hynna . . .'

Dyna pryd y gwelodd Aaron foch Kieran. Roedd hi'n fflamgoch. Syrthiodd ceg Aaron ar agor. Doedd Steph . . . ddim wedi . . . ddim wedi rhoi clustan iddo . . . nac oedd? Gwyddai fod Steph yn ddewr, ond . . ?

Am un eiliad, bu tawelwch llethol. Yna, yn sydyn, ffrwydrodd Steph.

'O! Ydi mae o'n haeddu popeth gafodd o!' gwaeddodd, a'r geiriau'n tasgu fel gwreichion o'i cheg. 'Hynna a llawer mwy na hynna hefyd . . .'

'Mwy na hynna, wir!' torrodd mam Kieran ar ei thraws. 'Mwy na hynna, ac ôl dy fysedd di ar ei wyneb o . . .'

Llifodd rhyw lawenydd mawr drwy Aaron. Oedd, felly! *Roedd* Steph wedi rhoi clustan iddo fo! Da iawn ti, Steph, meddyliodd, gan gael andros o drafferth i'w rwystro'i hun rhag gwenu'n hapus braf.

'Biti na faswn i wedi medru rhoi un galetach!' mynnodd ei chwaer. 'Ydach chi'n gwybod be mae o wedi'i wneud? Ydach chi?'

Syllodd i fyw llygaid mam Kieran a Liam. Methodd hithau gyfarfod yr olwg ddwys, daer, gwbl ddiffuant. Trodd ei phen draw. Chafodd hi ddim cyfle hyd yn oed i ddechrau ateb.

Be mae o wedi'i wneud, tybed? meddyliodd Aaron yn ffrantig. Be mae'r hen sinach bach wedi'i wneud i wylltio Steph gymaint?

Gwyddai y gallai ei chwaer wylltio'n ddychrynllyd weithiau, ond doedd o erioed yn ei fywyd wedi ei gweld hi fel hyn.

Llifodd fflamau o eiriau tanllyd o geg Steph. 'Ddweda i wrthoch chi be wnaeth o,' meddai hi'n beryglus o ddistaw. 'Lluchio cerrig. Nid *carreg*, cofiwch, CERRIG.'

Llyncodd ei phoer a llwyddodd mam Kieran i gael gair i mewn.

'Paid â dweud celwydd!' arthiodd. 'Fasa Kieran ni byth yn gwneud hynna. A wyddost ti pam? Wel, pan oedd Kieran yn hogyn bach roedd criw ohonyn nhw wrthi'n lluchio cerrig ac fe gafodd un ohonyn nhw ei frifo'n ddrwg. Bron iawn iddo fo golli'i olwg. Mi ddychrynnodd Kieran am ei fywyd bryd hynny—a sylweddoli peth mor beryglus ydi lluchio cerrig. Fasa fo byth yn lluchio cerrig at blant eraill . . .'

Cododd Kieran ei ben o ochr ei fam. Snwffiodd dipyn, ond edrychodd o'i gwmpas. Edrychai ei foch fel talp o dân. O graffu'n fanwl, roedd olion bysedd i'w gweld yn glir.

'Nid at blant.' Syrthiodd y geiriau dros dafod Steph fel cerrig mawr, trwm yn cael eu hyrddio allan yng nghanol ffrwd o ludw tanbaid. 'At anifail.'

'O!' meddai Aaron wrtho'i hun. 'O-o!'

Bellach roedd o'n deall. Dyna dwp oedd o wedi bod! Dylai fod wedi sylweddoli fod a wnelo fo rywbeth ag anifeiliaid. Roedd hyd yn oed *clywed* am rywun yn cam-drin anifail yn codi gwrychyn Steph. Byddai gweld hynny'n digwydd yn ddigon i'w gyrru'n wallgof.

'Gwranda, Steph . . .' meddai Mam, a'i llais yn swnio'n fwy caredig. 'Rydw i'n gwybod fod gen ti feddwl y byd o Roli, ond dydi o ddim gwaeth, nac ydi? Welais i o drwy'r ffenest pan oeddwn i yn y llofft, yn rhedeg ar hyd y llwybrau yna efo ti . . .'

'Nid *Roli*,' atebodd Steph yn araf ac yn bendant. Swniai mor ddig. 'A dweud y gwir, fyddai'n well gen i petai o wedi lluchio cerrig at Roli. Fyddwn i wedi medru hysio Roli ar ei ôl o . . .'

Cododd pwl o chwerthin yng ngwddf Aaron. Ie! Dyna braf fyddai gweld hynny! Petai Roli wedi mynd ar ôl Kieran byddai wedi dychryn am ei fywyd. Fyddai Roli ddim wedi ei frifo, ond byddai wedi chwyrnu ac ysgyrnygu'n gas arno.

Ffrwydrodd Steph yn ei blaen.

'Naddo,' meddai hi. 'Thaflodd o ddim cerrig at Roli. Daflodd o gerrig at anifail na fedrai wneud dim byd i'w amddiffyn ei hun . . . at ferlen druan oedd wedi'i chornelu ac yn cael trafferth symud o'r ffordd.'

Syrthiodd darn arall o'r jig-so i'w le ym mhen Aaron. O bob anifail, ceffyl oedd ffefryn Steph. Ei huchelgais oedd cael ei merlen ei hun, ond gwyddai na châi hi byth. Roedd angen llawer o arian i gadw ceffyl. Roedd Steph wedi crio mwy ynghylch methu mynd i Stablau Llanrhos na dim byd arall.

Gan sefyll yn glòs wrth ochr ei fam o hyd, rhwbiodd Kieran ei lygaid.

'Dim ond rhyw hen geffyl oedd o. Doedd carreg ddim yn ei frifo fo,' meddai'n bwdlyd.

'*Cerrig*, nid carreg,' mynnodd Steph fel saeth.

'Ydi dy foch di'n brifo?' holodd Aaron yn sydyn, gan feddwl ei bod yn hen bryd iddo gefnogi ei chwaer. 'Y lle gest ti dy daro?'

Snwffiodd Kieran eto a throi i edrych yn syn braidd arno. Yn amlwg, doedd o ddim wedi disgwyl cael unrhyw gydymdeimlad gan Aaron.

'Y . . . y . . . ydi,' atebodd yn ansicr.

'Dim ond iti gael deall, fel yna yn union mae'r llefydd lle cafodd y ceffyl ei daro yn brifo hefyd.'

'Yn hollol,' mynnodd Steph gan edrych yn ddiolchgar i gyfeiriad Aaron.

‘Pam yr holl ffŷs?’ taranodd mam Kieran. ‘Dydi o ddim fel petai o wedi brifo plentyn, nac ydi? Dim ond anifail oedd o.’

Cafodd Aaron gip ar ei fam yn cau’i llygaid ac yn eu hagor gan edrych i fyny ar y nenfwd am eiliad, mewn anobaith. Dechreuodd yntau feddwl —ble yn y byd mawr y gallai Steph fod wedi gweld ceffyl?

Lle oedd hi wedi bod? Yn mynd â Roli am dro. Ella’n wir ei bod hi wedi rhoi tennyn wrth ei goler a cherdded tipyn ar hyd un o’r strydoedd efo fo. Ond doedd dim parc yn unman yn agos i’r lloches. Yr unig le lle gallai ci redeg yn rhydd oedd y tir gwyllt. Doedd bosib ei bod wedi gweld ceffyl yn agos i’r fan honno? Roedd yn lle cwbl anaddas i geffyl. Y llwyni drain a’r eithin yn tyfu ym mhobman a’r llwybrau rhyngddynt yn troelli rhwng twmpathau o hen welltglas sych i lawr yr ochr serth at yr afon. Bagiau creision gwag a phapurau fferins wedi eu chwythu ar hyd ac ar led, chaniau pop a photeli gweigion wedi eu lluchio yma ac acw.

Agorodd ceg Steph, yn barod i siarad, ond gwelodd Aaron hi’n gwasgu ei llygaid ar gau am eiliad. Gwyddai ei bod hi’n ymladd i gadw rhag crio. Agorodd ei llygaid eto, a siaradodd yn dawel ac yn fygythiol gyda bwlch rhwng pob gair.

‘Mae . . . brifo . . . anifail . . . yn . . . waeth . . .’

‘Lol wirion!’ gwaeddodd mam Kieran.

Anwybyddodd Steph hi'n gyfan gwbl. 'Dydi . . . anifeiliaid . . . dim . . . yn . . . medru . . . siarad. Os ydi pobl yn cael eu brifo, maen nhw'n medru cwyno ac egluro beth sydd wedi digwydd. Mi fydd 'na rywun yn gwrando arnyn nhw ac yn delio â'r peth. Ond does gan anifail ddim gobaith. Os ydyn nhw'n cael eu cam-drin, yr unig obaith sy ganddyn nhw ydi i ni ymladd ar eu rhan. Fedrwn ni ddim gadael i anifail gael ei frifo dro ar ôl tro heb wneud rhywbeth. Dydi hynny ddim yn iawn.'

'Helpu'r ceffyl oedd Steph,' mentrodd Aaron.

'Chwarae teg iddi,' meddai Anti Menna, gan edrych yn ddigon pigog i gyfeiriad Kieran. 'Ond rydw i'n siŵr fod Kieran wedi dysgu'i wers. Wnei di ddim eto, na wnei, Kieran?'

Cuddiodd Kieran ei wyneb yn ochr ei fam eto. Roedd ambell sniff i'w chlywed o hyd.

'A chadw di dy ddwylo i ti dy hun o hyn allan, mei ledi,' siarsiodd Mam, ond erbyn hyn doedd hi ddim yn swnio hanner mor flin. Synhwyrodd Steph hyn a manteisio ar ei chyfle.

'Tasech chi'n gweld y ferlen,' meddai gan edrych ar fam Kieran, 'fe fyddech chi'n deall. Mae hi'n druenus. Dydi hi'n ddim byd ond croen am yr asgwrn. Allwch chi gyfri'i hasennau hi. Merlen wen ydi hi i fod, ond mae hi'n bridd drosti i gyd, wedi ei gadael ar ryw ddarn bach o dir draw yn y tir gwyllt.

Mae'n sefyll yn fanno wrth y giât yng nghanol y mwd. Wir rŵan . . . mae 'na fwd at ei bol. Does 'na neb wedi gadael gwair na dim byd iddi a rydw i'n siŵr ei bod hi'n rhy wan i gerdded i lawr yr ochr serth at yr afon i gael diod. Yn sicr, roedd hi'n rhy wan i symud draw yn ddigon cyflym i osgoi'r cerrig.'

'O, bechod!' meddai amryw yn y gegin a dechreuodd pobl symud oddi yno gan edrych efo llai o gydymdeimlad o lawer i gyfeiriad Kieran.

'Nid fi wnaeth! Yr hogia eraill wnaeth!' llefodd Kieran.

'Welais i ti,' mynnodd Steph.

'Dyna ddigon,' meddai Anti Menna yn gadarn. 'Kieran, paid ti â meiddio gwneud peth fel yna eto. Steph, paid tithau byth ag ymosod ar neb eto! Wyt ti'n 'y nghlywed i? Y ddau ohonoch chi, gobeithio'ch bod chi wedi dysgu'ch gwers.'

Doedd mam Kieran ddim fel petai wedi ei phlesio ryw lawer, ond ddywedodd hi 'run gair, dim ond rhoi ei braich yn dynnach am ysgwydd ei mab.

'Be sy'n bod?' meddai llais dwfn o gyfeiriad y drws.

Yncl Pete oedd wedi cyrraedd. Dechreuodd pawb siarad ar draws ei gilydd, a swatiodd Kieran yn ôl yng nghesail ei fam.

Roedd Yncl Pete wedi'i siomi'n arw. 'Gwarthus!' meddai wrth Kieran. 'Ymosod ar anifail diniwed!'

‘Ond o ble daeth y ferlen?’ gofynnodd Steph iddo gan edrych yn ddiolchgar iawn i’w gyfeiriad. ‘Pwy piau hi?’

‘Wn i ddim.’

‘Wyddech chi ei bod hi yno?’ holodd Aaron.

‘Gwyddwn. Ond dydw i ddim wedi ei gweld hi’n iawn. Yn sicr doeddwn i ddim yn sylweddoli ei bod hi mewn cyflwr mor wael.’

‘Ers faint mae hi yno?’ gofynnodd Steph.

Steph druan, sylweddolodd Aaron yn sydyn. Bechod! Mae hi’n dyheu am gael ceffyl, a dyma hi wedi cael hyd i un a neb yn gofalu amdano.

Crafodd Yncl Pete ei ben. ‘Anodd dweud,’ atebodd o’r diwedd. ‘Welais i neb yn ei rhoi yno. Allai hi fod wedi bod yno am wythnosau cyn imi sylweddoli. Mae’r darn yna o dir yn ddigon pell o’r warws. Rhyw dair wythnos yn ôl, am wn i, y gwelais i hi gynta. Clywed gweryru pan oeddwn i’n dod adre i fyny’r llwybr un noson, ond dim ond cip ohoni ges i. Meddwl wnes i fod rhywun wedi ei rhoi hi yno ac yn dod â bwyd iddi bob dydd . . .’

‘Pwy fyddai’n ei gadael hi yn y fath le?’ holodd Aaron.

Bu Yncl Pete yn hir yn ateb.

‘Rhywun . . .’ meddai’n araf toc, ‘oedd wedi ei phrynu hi heb feddwl yn iawn, neu wedi ei phrynu hi i ryw blant oedd wedi blino arni hi ar ôl sbel. Neu . . .

efallai . . . wedi tyfu'n rhy fawr i fynd ar ei chefn hi. Neu ei bod hi wedi mynd yn rhy ddrud ganddyn nhw i'w chadw hi.'

'Ond fedren nhw fod wedi'i gwerthu hi,' meddai Mam. 'Does bosib fod rhywun wedi ei gadael hi yn fan'na dim ond am eu bod nhw wedi blino arni.'

'Rhy ddiog i'w hysbysebu hi ar werth? Ddim gwerth y drafferth o fynd â hi i arwerthiant? Rhy ddifater i falio beth fyddai'n digwydd iddi?'

Codai ysgwyddau Yncl Pete ar ddiwedd pob cwestiwn. 'Pwy a ŵyr?' gorffennodd.

Edrychodd Steph ar Aaron. Ddywedodd hi 'run gair. Doedd dim rhaid iddi.

Be ydan *ni*'n mynd i'w wneud? meddyliodd y ddau efo'i gilydd.

10

Anadlodd Aaron yn drwm wrth iddo fynd i mewn drwy ddrws *Pets4u*. Llifodd cymysgedd o arogleuon anifeiliaid a'u bwydydd i'w ffroenau. Anwybyddodd y cyfan. Teimlai'n nerfus iawn. Hyd y gwelai, doedd yr un cwsmer ar gyfyl y lle.

Rhy gynnar, mae'n siŵr, meddyliodd.

Yma ac acw câi gip ar amryw o'r staff yn eu crysau cochion, a phawb wrthi'n brysur. Yn y pen draw gyda'r anifeiliaid anwes a'r adar roedd y rhan fwyaf. Doedd neb ar gyfyl y drws na'r tiliau. Cerddodd i lawr y llwybr canol, rhwng y silffoedd lle roedd bwydydd cath ar y naill law a bwydydd ci ar y llall. Yn y pen draw trodd i'r chwith heibio i'r teganau a'r gwelyau ar gyfer cathod. Yn union o'i flaen roedd grisiau'n rhedeg rhwng canllawiau haearn wedi eu peintio'n goch i fyny at ddrws y swyddfa. Petrusodd am funud neu ddau. Edrychodd dros ei ysgwydd i weld a oedd rhywun yn edrych arno. Ond doedd neb fel petaen nhw'n malio ei fod yno o gwbl. I ffwrdd ag o i fyny'r grisiau. Curodd ar ddrws y swyddfa. Arhosodd yno'n gwrando gan glywed ei galon yn curo, curo.

Dim ateb.

Curodd wedyn, yn uwch y tro hwn, a chlywed llais yn galw, 'Dowch i mewn.'

Eisteddai dyn ifanc o flaen cyfrifiadur ar y ddesg. Cododd ei ben ac edrych yn syn braidd arno.

'Ie?' gofynnodd.

Tu draw i'r ddesg roedd drws. Arno roedd y geiriau: ERICA DOBSON, *RHEOLWRAIG*.

Llyncodd Aaron ei boer. 'Os gwelwch chi'n dda, ga i weld y Rheolwraig?' gofynnodd.

'Oes gen ti apwyntiad?'

Ysgydwodd Aaron ei ben. 'Wyddwn i ddim . . . fod . . . angen un,' atebodd yn gloff.

'Dydi o ddim yn arferol iddi hi weld rhywun heb apwyntiad . . .'

Cynhyrfodd Aaron drwyddo. 'Ddaeth hi i'n hysgol ni,' eglurodd yn wyllt. 'Ddwedodd hi wrthon ni am gofio dod i'r archfarchnad, ac os medrai hi neu unrhyw un o'r staff ein helpu ni efo rhywbeth ynglŷn ag anifeiliaid y byddech chi'n gneud . . .'

'Wel, dos i weld un o'r staff,' atebodd y bachgen yn ddigon pigog. 'Mi wnaiff unrhyw un ohonyn nhw dy helpu di.'

Cafodd Aaron gip ar y bathodyn a wisgai ar ei grys. Welodd o mo'i enw, ond gwelodd ei fod yn dweud *Clerc* o dan yr enw. A gwaith clerc oedd ysgrifennu, yntê, nid penderfynu. Does gen i ddim i'w golli, meddyliodd Aaron.

'Mae'n rhaid imi weld Ms Dobson ei hun,' meddai'n bendant wrth y clerc. 'Mae'n fater rhy bwysig i'w drafod gydag un o'r staff.'

Synnodd ato'i hun braidd. Ond pan gododd y clerc ffôn ar ei ddesg a phwyso botwm arno, teimlai'n falch iawn. Roedd o wedi mynd heibio i'r rhwystr cyntaf, beth bynnag.

Edrych yn syn braidd wnaeth y Rheolwraig hefyd pan gafodd fynd i mewn i'w swyddfa. Ond gofynnodd yn ddigon clên, 'Sut medra i helpu?'

Atebodd Aaron ddim am funud bach. Teimlai'n swil yn sydyn ac edrychodd ar ei draed. Roedd yr holl bethau roedd o wedi ymarfer eu dweud drosodd a throsodd wedi diflannu bob un. Cododd ei ben ac edrych i wyneb y ddynes y tu ôl i'r ddesg fawr ar ganol cae o garped coch. Cymerodd ei wynt, yna ffrwydrodd y geiriau o'i geg.

'Dwi eisio jòb.'

Tawodd. Nid *dyna* oedd o wedi'i fwriadu'i ddweud. Roedd o wedi bwriadu dweud gymaint oedd o wedi dotio at *Pets4u* ac fel roedd o wedi dod â'i chwaer fach yno a hithau wedi gwirioni efo'r anifeiliaid anwes ac yntau wedi sylwi fod llawer o waith i edrych ar eu holau a . . .

Pwyntiodd y Rheolwraig at gadair ger y ddesg. Eisteddodd Aaron i lawr ar flaen y sedd yn ddiolchgar. Doedd o ddim wedi sylweddoli tan y munud hwnnw fod ei goesau mor wan. Eisteddodd hithau ar ei chadair tu ôl i'r ddesg. Edrychodd y ddau ar ei gilydd, heb ddweud gair.

Waeth imi roi'r ffidil yn y to ddim, meddyliodd Aaron. Does gen i ddim gobaith caneri rŵan. Llifodd teimlad o dristwch mawr drwyddo. Ond erbyn hyn roedd yr holl obaith a deimlai cynt wedi diflannu.

Ac i feddwl iddo fynd i'r fath drafferth, yr holl feddwl a'r cynllunio, y trefnu a'r celu. Crefu ar Steph i edrych ar ôl Zoë.

'Wel?'

'Ym . . . wel . . . be?'

'Wel, dos yn dy flaen.'

Llamodd ei galon. Roedd yn cael ail gyfle gan Ms Dobson.

'Rydw i wedi bod yma o'r blaen,' dechreuodd. 'Ac wedi sylwi . . .'

'Pam wyt ti eisio jòb?'

Swniai'r ddynes mor ddiamynedd, yn torri ar ei draws fel petai'n dyheu am gael gwared ag o o'i swyddfa. Sut y gallai o esbonio?

'Ddim yn cael digon o arian poced?' cynigiodd y Rheolwraig. 'Byw yn ddrud iawn iti . . . eisio mwy o gêmau cyfrifiadur? Angen kit diweddara Man U a bag newydd sbon i'w dal nhw i gyd? Costio gymaint i fynd i'r Ganolfan Hamdden? Dy fêts di i gyd wedi cael sgidiau cicio newydd? Angen bwrdd sglefrio a'r gêr i gyd i fynd efo fo? Beic newydd, ella? Wats ddigidol sy'n dal dŵr ac yn dangos faint ydi hi o'r gloch hyd yn oed yn China, yn radio ac yn gyfrifiannell rhag iti orfod gwastraffu amser yn gneud pethau mor boring â syms pan fedri di fod yn eistedd ar dy ben-ôl o flaen sgrin? Disgiau DVD wrth gwrs . . . heb sôn am dy ffôn symudol personol . . .'

Agorodd llygaid Aaron mewn syndod.

'Wedi rhyfeddu, wyt ti? Methu deall sut ydw i'n gwybod be mae hogyn fel ti eisio?'

Roddodd hi ddim cyfle i Aaron ateb nac ymateb o gwbl.

'Mae gen i blant tua'r un oed â chdi,' eglurodd yn ddigon sur. 'Mae angen craig o arian i'ch cadw chi. Dy dad a'th fam wedi cael llond bol ac wedi gwneud iti godi oddi ar dy ben-ôl i fynd i chwilio am dy arian dy hun, ia?'

Caeodd Aaron ei lygaid. Dad? Doedd o ddim eisiau meddwl am Dad.

'Nage!' protestiodd yn uchel. 'Dydach chi ddim yn deall! Roli . . . Roli 'nghi i . . . wel, ein ci ni. Mae o'n fawr. Yn fawr iawn, ac angen lot o fwyd. A sgynnon ni ddim digon o bres i brynu bwyd iddo fo . . .'

O rywle yn yr archfarchnad gellid clywed rhywbeth trwm yn cael ei symud, a gwichian olwynion wrth i'r grisiau uchel symudol gael eu rowlio at silff uchel er mwyn i un o'r staff fedru nôl rhywbeth i lawr. Ond yn y swyddfa roedd hi'n dawel fel y bedd. Agorodd y drws. Daeth y clerc i mewn.

'Ms Dobson . . .' dechreuodd.

Cododd hithau ei law a gwneud ystum i'w hel allan. Caeodd yntau'r drws ar ei ôl.

'Eisio gweithio yma . . . i gael arian . . . i brynu bwyd i dy gi wyt ti?'

Ysgydwodd Aaron ei ben yn fud. 'Nage . . . ddim yn hollol . . .'

'Wel be wyt ti eisio, felly?' Swniai'n fwy pigog fyth.

Ddywedodd Aaron ddim byd. Yn sydyn, roedd popeth yn ei lethu. Y sôn yna am Dad oedd y drwg. Roedd y wraig yma mor annheg. Sôn am gêmau cyfrifiadur a disgiau DVD a phethau drud felly—a hwythau heb gartref iawn hyd yn oed. Wyddai o ddim beth i'w ddweud.

'Mae'n rhaid i ti egluro'n iawn, 'sti,' meddai'r Rheolwraig, nid yn angharedig, gan edrych arno'n ddryslyd.

Cofiodd Aaron rywbeth yn sydyn. I lawr y grisiau yn yr archfarchnad roedd tomennydd ar domennydd o fagiau, a rhai'n cael eu rhwygo a bwyd yn cael ei luchio. Dyna falch, falch fyddai Roli o fwyd da fel'na! Magodd hyder i siarad.

'Taswn i'n gweithio i chi, fyddai hi'n bosib i mi gael bwyd o fagiau sydd wedi torri, a thuniau cig sydd wedi tolcio gormod i neb eu prynu, i 'nghi i?'

Ddywedodd y wraig ddim byd.

'Os gwelwch yn dda?' ychwanegodd Aaron yn obeithiol.

'A beth sy'n gwneud iti feddwl fod 'na waith yma iti? Be fedri di ei wneud, a llond lle o staff yma yn barod?'

'Sgynnoch chi ddim digon.'

'Nac oes?'

'Nac oes,' atebodd Aaron, gan fagu mwy o hyder wrth fynd yn ei flaen. 'Dyna ichi'r gornel fawr yn y pen draw lle mae'r pysgod a'r anifeiliaid anwes. Mae angen glanhau cewyll y cwningod a'r adar a'r moch cwta a phetha felly'n aml neu mi ân' nhw i ddrewi . . . maen nhw *yn* drewi. Ges i chwiff ddigon pethma yma'r diwrnod o'r blaen. Fedrwn i lenwi silffoedd hefyd.'

'A pryd fasat ti'n gwneud hyn i gyd? Rwyt ti'n mynd i'r ysgol.'

'Cyn mynd. Ar ôl dod adref.'

'O?'

'Mae 'na rhai o'r staff yma erbyn saith, yn toes? Mi allwn innau ddod erbyn saith, gweithio tan wyth a chyrraedd yr ysgol erbyn naw yn hawdd. Wedyn, allwn i ddod o chwech tan saith y nos i lenwi silffoedd, a gofalu fod gan yr anifeiliaid welyau glân a bwyd a dŵr dros nos.'

'O! Allet ti?'

'Ac un peth arall,' cofiodd Aaron. 'Allwn i fynd drwy'r hysbysebion sydd wrth y fynedfa hefyd. Mae gynnoch chi rai yno eisio gwerthu a rhai eraill eisio prynu'r un peth yn union . . . fel petai'r bobl sy'n eu rhoi i fyny ar ormod o frys i ddarllen beth sydd yno'n barod. Maen nhw'n flêr iawn hefyd. Dim trefn o gwbl. Beryg iawn iddyn nhw roi'r argraff anghywir o *Pets4u*. Byddai'n well petaen nhw wedi eu gwneud ar gyfrifiadur.'

'A be wnaet ti ynghylch hynny?'

Meddyliodd Aaron am funud. 'Petai'ch clerc chi'n rhy brysur i wneud,' meddai'n araf. 'Fedrwn i eu teipio nhw . . .'

'Sut, felly?'

'Ar gyfrifiadur.'

'Pa gyfrifiadur?'

Crafodd Aaron ei ben yn wyllt. Edrychodd o'i gwmpas. Gwyddai na fyddai clerc Ms Dobson yn hapus i gynnig ei gyfrifiadur o. Felly cynigiodd, 'Rydw i'n siŵr, petawn i'n gofyn, y cawn i ddefnyddio cyfrifiadur yr ysgol . . . yn ystod amser chwarae neu amser cinio . . .'

Teimlai'n hynod o anghyfforddus dan edrychiad y wraig oedd o'i flaen, a'r feiro yn ei llaw wedi ei chodi hanner y ffordd at ei wyneb ac yn aros yno'n llonydd.

'Fasat ti *yn* fodlon colli dy amser chwarae ac amser cinio?'

Edrychodd Aaron yn hurt ar y wraig. Sôn am gwestiwn twp!

'Wel baswn siŵr iawn . . . wnawn ni unrhyw beth i fedru cael . . .'

'I fedru cael bwyd i dy gi?'

Nodiodd Aaron.

Nodiodd Ms Dobson hefyd. Craffodd ar Aaron. Tapiodd y feiro oedd yn ei llaw ar ei dannedd blaen yn araf . . . tap, tap, tap . . .

11

I Steph, y peth gwaethaf ynglŷn â byw ym Mryn Eithin oedd gorfod byw yn y dref. Roedd pentref Llanrhos yng nghanol y wlad. O bob ystafell yn eu byngalo gellid gweld coed a chaeau gyda gwartheg, defaid a cheffylau'n pori ynddynt. Roedd y coed a'r llwyni'n llawn adar ac anifeiliaid gwylltion. Collai Steph y cyfan yn ofnadwy.

Roedden nhw'n lwcus, wrth gwrs, fod y lloches yn cefnu ar y tir gwyllt. Ar ôl iddi ddarganfod y ferlen yno, teimlai dipyn bach yn well. Penderfynodd yn syth y byddai'n ceisio gofalu amdani. Ddywedodd hi ddim byd wrth neb. Sleifiodd i'r gegin pan nad oedd neb yno, a phocedu dwy foronen. Teimlai'n euog.

Teimlai'n euog hefyd ei bod wedi gadael Roli ar ôl. Doedd wiw iddi fynd ag o efo hi rhag iddo ddychryn y ferlen. A dweud y gwir, roedd hi wedi twyllo Aaron trwy adael iddo feddwl y byddai Roli gyda hi drwy'r adeg.

A ble'r oedd Aaron yn mynd beth bynnag? meddyliodd yn sydyn. Doedd o ddim wedi ei hateb hi pan oedd hi wedi holi. Y cyfan oedd o wedi'i wneud oedd taro ei fys ar ochr ei drwyn a dweud, 'Meindia dy fusnes!'

Sgwn i pam? meddyliodd. Beth oedd y gyfrinach fawr, tybed?

Oedd, roedd hi wedi mynd â Roli am dro . . . ond dim ond am un fer. Ceisiodd anghofio'r olwg siomedig oedd arno pan gaeodd y drws arno i mewn yn y warws. Roedd o bellach yn cael bod yn rhydd i mewn yno i grwydro'n ôl ac ymlaen fel y mynnai, ond gwyddai gymaint gwell gan Roli fyddai bod gyda hi ac Aaron.

Dafliad carreg o ddrws ffrynt y lloches roedd giât. Drwyddi hi, mae'n debyg, meddyliodd Steph, roedd rhywun wedi gollwng y ferlen . . . rywdro. Neu efallai bod rhywun yn rhywle wedi gadael giât ar agor a hithau wedi crwydro. Dychmygai Steph hi wedi dychryn gyda holl ruthr y traffig, yn troi i mewn i'r fan hyn, yn crynu drwyddi, yn chwys drosti, gwyn ei llygaid yn y golwg a'i chynffon yn chwipio'n wyllt.

'Y beth fach. Druan â hi,' sibrydodd wrthi'i hun gan syllu ar y giât. Doedd dim arwydd iddi gael ei hagor ers hydoedd, ond yn amlwg roedd y ferlen wedi bod yno'n aml. Roedd ôl ei charnau yn y mwd, a hwnnw wedi cael ei gorddi'n un pwll mawr, meddal.

Does ryfedd ei bod hi'n fwd drosti a'r fath olwg arni, meddyliodd Steph. Pam mae hi'n dod i fan'ma mor aml, tybed? Oes 'na rywun wedi bod yn dod â bwyd iddi yma ar un adeg a hithau'n aros ac yn aros? Ond doedd dim arlliw hyd yn oed o un blewyn o wair yn unman.

'Eisio cwmni mae hi, mae'n debyg,' sylweddolodd. 'O! Bechod!'

Gwyddai Steph fod ceffylau'n hoffi cwmni pobl. Roedd yn dorcalonnus meddwl am y beth fach yma â'i phen dros y giât yn dyheu am gwmni, a neb wedi cymryd sylw ohoni . . . neb ond Kieran a'i fath. Y ferlen wen yn aros am garedigrwydd, ond yn cael dim byd ond creulondeb. Berwai Steph o ddicter wrth feddwl am y peth.

Dringodd dros y giât a dechrau crwydro rhwng y tyfiant gwyllt. O'r fan yma roedd sŵn y dref a'r traffig i'w glywed yn bell iawn.

Roedd yn rhaid iddi fod yn ofalus. Doedd hi ddim eisiau dychryn y ferlen. O'r hyn welodd hi roedd y ferlen eisoes wedi cael ei dychryn gan blant. Doedd hi ddim eisiau iddi rusio draw y munud y gwelodd hi. Tynnodd foronen o boced ei jîns a'i dal yng nghledr ei llaw yn barod. Ar hynny gwelodd y ferlen . . . yn sefyll wrth lwyn mawr o eithin. Dyna hapus oedd hi o'i gweld!

Cerddodd ati'n araf gan ddal cledr ei llaw yn wastad gyda'r foronen arni yn y golwg. Symudodd y ferlen ddim. Syllodd arni heb ddangos diddordeb o fath yn y byd, ei llygaid yn bŵl.

Cripiodd Steph yn araf tuag ati, gan syllu i'w llygaid a dal ei llaw allan cyn belled ag y medrai. Gwelodd ffroenau'r ferlen yn symud fel petai'n synhwyro'r arogl. Gwnaeth rhyw hanner osgo i droi draw pan aeth Steph yn ddigon agos i'w chyffwrdd, ond roedd ei ffroenau'n symud yn gyflymach. Yna, safodd Steph yn berffaith lonydd. Daliodd ei law allan yn gadarn a sibrydodd, 'Wna i mo dy frifo di, 'sti. Edrych, 'sgen i ddim cerrig i'w lluchio atat ti fel 'rhen hogia mawr annifyr 'na. Yli be sy gen i . . . moronen . . . ty'd rŵan . . .'

Yn betrus, ymestynnodd y ferlen ei gwddf. Caeodd ei gwefusau am y foronen. Yna dechreuodd ei chrensian. Yn araf iawn cododd Steph ei llaw a rhwbio'i thrwyn. Edrychodd y ferlen yn amheus, ond symudodd hi ddim.

'O!' sibrydodd Steph wrthi. 'Rwyt ti'n edrych bron yn rhy wan i symud.'

Ond doedd hi ddim, oherwydd wedi i Steph symud draw dipyn, dechreuodd ei chanlyn yn araf.

Rydw i am fynd â hi o'r fan yma! penderfynodd Steph yn sydyn. Fedra i mo'i gadael hi yma. Mae hi wedi hen fwyta hynny o dyfiant sydd yma. 'Sgwn i pam nad ydi hi ddim wedi symud yn nes at y warws i chwilio am damaid? Mae'r tir rywfaint yn well yn y fan honno.

Crwydrodd yn araf i gyfeiriad y warws. Edrychodd dros ei hysgwydd i weld beth oedd y ferlen yn ei wneud. Llamodd ei chalon mewn llawenydd. Oedd! Roedd hi'n ei dilyn! Roedd y ferlen wedi arfer efo pobl, beth bynnag. Gwelodd yn fuan mai'r llwyni trwchus o eithin oedd wedi ei chadw rhag crwydro i'r cyfeiriad hwnnw.

Sut le oedd yn is i lawr, tybed? Roedd yr ochr yn fwy serth, a doedd yno ddim arlliw o lwybr. Ond cerddodd Steph ymlaen yn araf. Erbyn hyn roedd y ferlen wedi rhoi'r gorau i'w dilyn.

Y beth fach yn ymdrechu i 'nilyn i gan feddwl y byddai hi'n cael tamaid arall, meddyliodd Steph. Ac wedi anobeithio. O! Bechod! Rydw i wedi'i siomi hi.

Bu bron iawn iddi roi'r ail foronen iddi bryd hynny. Ond wnaeth hi ddim. Cadwodd hi yn ei llaw i mewn yn ei phoced. Teimlai'n siomedig iawn ei hun.

'A!' meddai'n sydyn. Roedd hi wedi gweld bwlch yn is i lawr. Y drwg oedd ei bod hi'n serth ac yn anodd cerdded i lawr yno. Ond, yn ofalus, yn ei chwrcwd a'i dwylo'n symud o'r naill docyn gwair i'r llall, llwyddodd i fynd i lawr yr ochr.

Oedd! Roedd y bwlch yn ddigon mawr iddi fynd drwyddo. O'r ochr arall yn awr gallai weld to'r warws.

'Petai'r ferlen wrth ymyl y warws,' meddai'n benderfynol, 'faswn i'n medru mynd â chrwyn tatws a dail llysiau gwyrdd iddi. Byddai hynny'n well na dim byd. Fedrai Aaron a fi gadw llygad arni hi a gofalu na fyddai neb yn ei cham-drin.'

Ond oedd y bwlch yn ddigon mawr i'r ferlen fynd

drwyddo? Dim ond un ffordd oedd yna o gael gwybod. Crafangiodd Steph yn ôl i fyny'r ochr ac aeth yn syth at y ferlen. Y tro hwn roedd hi'n *meddwl* fod y llygaid mawr yn ei gwylio gydag ychydig mwy o ddiddordeb. Safodd Steph ar ei thraed ychydig gamau oddi wrthi a thynnu'r foronen o'i phoced. Y tro hwn symudodd y clustiau'n ôl ac ymlaen yn obeithiol. Daliodd Steph y foronen ar gledr ei llaw agored yn union fel y tro cynt, ond camodd yn ei blaen a chydio ym mwng y ferlen.

'Druan ohonot ti!' meddai'n dawel. 'Does neb wedi dy frwsio di na chribo dy gynffon di na'r mwng yma ers hydoedd.'

Er ei bod yn llawn cynnwrf oddi mewn, cadwodd ei llais yn dawel a digyffro. Gofalodd fod y ferlen yn gweld y foronen, ond cydiodd yn ei mwng a thynnu arno'n ysgafn. Beth petai hi'n tynnu draw? Beth petai hi'n gwrthod ei dilyn?

Mwythodd Steph hi. Rhwbiodd ei llaw ar hyd ei thrwyn. Cosodd hi rhwng ei chlustiau. Tynnodd ei llaw ar hyd ei gwddw a siarad efo hi drwy'r adeg. Yn ufudd, dilynodd y ferlen hi. Snwffiodd rhyw dipyn yng nghyfeiriad poced anorac Steph gan ddangos ei bod yn gwybod yn iawn fod y foronen yno. Cerddodd Steph yn araf ac yn ofalus iawn. Roedd arni ofn baglu wrth fynd i lawr yr ochr serth. Petai hi ond yn medru cael y ferlen at y bwlch . . .

Yn araf iawn, fe gyrhaeddon nhw yno. Ochneidiodd Steph mewn rhyddhad. Gollyngodd fwng y ferlen ac eistedd am funud ar garreg fawr yr ochr arall i feddwl beth i'w wneud nesaf. A' i â hi cyn agosed ag y medra i at y warws, penderfynodd o'r diwedd, a chydio yn y mwng drachefn. A'i phen yn symud i fyny ac i lawr gyda phob cam, dilynodd y ferlen hi. Roedden nhw bron wedi cyrraedd at y warws pan stopiodd Steph.

'Rydan ni'n ddigon agos rŵan ac rwyt ti'n haeddu dy wobr,' meddai wrthi.

Roedd hi wedi rhoi'r foronen ar gledr ei llaw a'r ferlen wedi rhoi ei gwefusau drosti pan gyrhaeddodd Aaron.

'O! Steph!' meddai wedi dychryn am ei fywyd. 'Be wyt ti wedi'i wneud?'

Trodd Steph i edrych arno. Gwelodd beth oedd ei brawd yn ei gario a lledodd ei llygaid ar agor yn fawr, wedi dychryn.

'Aaron!' gwaeddodd. 'Wyt ti wedi bod yn dwyn . . ?'

'*Naddo!*'

'Ond doedd gen ti ddim pres. Doedd gynnon ni ddim digon i brynu bwyd i Roli.'

'Gwranda! Dydw i ddim wedi dwyn . . .'

'Ti'n bownd o gael dy ddal. Laddith Mam di! *Laddith* hi di!'

Ysai Aaron am gael cydio ynddi a'i hysgwyd yn

iawn. Ond doedd ei ddwylo, ac yntau'n cydio yn y bagaid gwerthfawr o fwyd ci, ddim yn rhydd i wneud. Fedrai o ddim rhoi'r bag ar lawr a Roli'n snwffian yn eiddgar o'i gwmpas, ei ffroenau'n codi i'r awyr a'i gynffon fawr flewog yn chwifio. Felly, cydiodd Aaron yn dynn yn y bag bwyd a gweiddi ar ei chwaer, 'Fedri di ddim gweld bai ar neb—rwyt ti wedi dwyn ceffyl!'

Cyn gynted ag y dywedodd y geiriau, roedd o'n difaru. Ddylen ni'n dau ddim ffraeo, meddyliodd yn sydyn. Neu lwyddwn ni byth i gadw Roli. Roedd yn rhaid iddo egluro iddi.

'Steph!' meddai. 'Ddim wedi dwyn ydw i—rydw i wedi cael joban!'

12

'Fe gytunodd y ddynes *Pets4u*, felly?' gofynnodd Steph a'i llygaid fel soseri. '. . . i bopeth roeddet ti eisio?'

Nodiodd Aaron ac ysgwyd y bag bwyd o flaen ei llygaid. 'Fe ofynnodd hi faint o fwyd oedd gynnon ni. Ddwedais i fod Roli'n byw ar sbarion, fwy neu lai. "Wythnos o dreial," meddai hi, a cherdded allan o'r swyddfa. Roeddwn i mor falch, es i'n wan i gyd. Roeddwn i'n amau tybed oeddwn i wedi deall yn iawn. Ond mi es i ar ei hôl hi ac mi stopiodd wrth ddesg y clerc.

'"Endaf," meddai Ms Dobson, "beth ddigwyddodd i dy hen gyfrifiadur di? Yr un oedd gen ti cyn hwn?"

'Roedd o wedi edrych yn syn arni hi. Atebodd ei bod yn meddwl ei fod yn rhywle yn y storfa o hyd.

'"Chwilia amdano fo, wnei di? Fydd y dyn ifanc yma," gan gyfeirio ata i, "ei angen o".'

'Dyna pryd y sylweddolais i ei fod o'n wir! 'Mod i'n cael gwaith! Roeddwn i mor falch roeddwn i eisio gweiddi "HWRÊ" dros y lle i gyd. Ond wnes i ddim.'

'"Dilyna fi," meddai Ms Dobson. Ac aeth yn syth at y lle mae pethau ar gyfer cŵn i estyn y bwyd 'ma. Dwedodd wrth y ferch ar y til am ei roi o i lawr fel nwyddau staff. "Well i ti fod yn un da," meddai hi wedyn. "A chditha'n cael hwn cyn dechrau gweithio hyd yn oed".'

Roedd Aaron wedi gwirioni pan gafodd y bwyd.

'Diolch!' galwodd ar Ms Dobson fel roedd hi'n ei adael ar lawr yr archfarchnad ac yn symud yn gyflym i fyny'r grisiau yn ôl i'w swyddfa. 'Diolch yn fawr iawn!'

Roedd Endaf ar ben y grisiau. Wedi i Ms Dobson fynd heibio iddo camodd i lawr at Aaron.

'Paid ti â meddwl am funud,' rhybuddiodd, 'fod HONNA yn gwneud unrhyw ffafr â thi.'

Syrthiodd ceg Aaron ar agor. 'Ond mae hi wedi bod yn ffeind iawn efo fi . . .'

'FFEIND? *Honna?*'

'Wel . . . ydi . . . ffeind iawn . . .'

'Uchelgeisiol yn nes ati. A bob amser yn cael ei ffordd ei hun. Ond well iti ddeall un peth, iawn?'

'Iawn.'

'Dydi *honna* ddim yn gwneud *dim byd* os nad ydi o'n ei siwtio hi. Fetia i fod ganddi hi rywbeth i fyny'i llawes. Wnaiff honna *unrhyw beth* i gael cyhoeddusrwydd.'

'Ond pam?'

'I blesio'r Cyfarwyddwr—er mwyn cael dyrchafiad . . .'

Ond mae hi'n Reolwraig yn barod, meddyliodd Aaron wrtho'i hun ar y ffordd adref. Doedd o ddim yn hapus fod Endaf mor feirniadol o Ms Dobson. Dim ots gen i pam roddodd hi waith i mi yn *Pets4u*, penderfynodd o'r diwedd. Fydd gynnon ni ddigon o fwyd i Roli rŵan.

'Pryd wyt ti'n dechrau?' holodd Steph pan ddywedodd yr hanes wrthi.

'Heno!'

'Felly fi fydd yn mynd â Roli am dro bob bore?'

'Fedra i ddim bod mewn dau le ar unwaith, na fedraf?'

Erbyn hyn teimlai Aaron fel petai pwysau mawr trwm wedi llithro oddi ar ei ysgwyddau. Roedd ganddyn nhw le i Roli fyw, a hefyd byddai'n cael digon o fwyd. Ambell asgwrn iddo bob hyn a hyn . . . ac yng nghefn ei feddwl roedd ganddo ryw syniad sut i gael hynny hefyd, am ddim. Yng nghefn ei feddwl gwyddai mai dros dro roedd y warws ganddyn nhw. Ond erbyn hynny, byddai pethau'n wahanol i'w teulu nhw. Na, doedd dim eisiau poeni ynghylch hynny'n awr.

Symudodd i fynd â bwyd Roli i'w gadw ar y silff yn yr ystafell fechan lle'r oedd y swyddfa'n arfer bod. Gwelodd y ferlen . . . fel roedd un broblem yn cael ei datrys, roedd un arall yn ymddangos!

'O! Steph! Be wyt ti wedi'i wneud?'

'Dim ond wedi'i symud hi'n nes fel bydd hi'n haws inni . . .'

'. . . ofalu amdani, wyt ti'n feddwl?'

'Mae'n rhaid i rywun wneud. Fedrwn ni mo'i gadael hi fel hyn!'

Syllodd Aaron ar y ferlen denau, ddigalon yr olwg, ei chynffon a'i mwng yn lympiau caled a'i chôt yn fwdlyd ddifrifol.

'Na fedrwn,' cytunodd. 'Ond be wnawn ni?'

'Wn i be ydi'r peth cyntaf—dod o hyd i bwced yn rhywle i ddal dŵr iddi hi. Aaron!' gwaeddodd Steph yn sydyn. 'Edrych be sy'n fan'ma! Roeddwn i'n meddwl mai bagiau gwag oedd yma . . . yn bentwr ar gyfer eu llosgi. Ond mae 'na rywbeth yn un ohonyn nhw. Bwyd ceffylau! Dydi o ddim yn llawn ond . . .'

Swniai fel petai hi wedi dod o hyd i ffortiwn. Ond cafodd siom pan sylweddolodd mai cymysgedd o fwydydd gwahanol oedd yn y bag.

'Well inni ofyn i Yncl Pete cyn rhoi peth i'r ferlen,' meddai Aaron. 'Rhag iddo wneud drwg iddi. Allai fod yma fwyd moch a bwyd gwartheg a ieir, hyd y gwyddon ni. Mae'n beryg i bobl fwyta gormod ar ôl bod yn llwgu. Ella ei fod o 'run fath i anifeiliaid.'

O dan y bagiau papur roedd bwced blastig felen a fu unwaith yn cadw llefrith powdwr ar gyfer ŵyn llywaeth.

Aeth Steph i'r toiled ym mhen draw'r warws a llenwi'r bwced â dŵr ffres. Cariodd hi'n ôl yn ofalus at ei brawd.

'Fe wnawn ni adael y bwced wrth dalcen y warws, yn y cysgod, ac fe gaiff y ferlen yfed pan fydd hi eisio . . .'

13

'Hei!' torrodd Steph ar ei draws. 'Pwy ydi hwn?'

Trodd Aaron a gweld fan wen yn dod tuag atynt. Sgubodd heibio iddyn nhw, troi i fynd yn ôl 'run ffordd, a stopio. Neidiodd y gyrrwr allan.

''Smai?' meddai wrthyn nhw gan nodio wrth iddo fynd i agor drysau cefn y fan. Ar yr ochr roedd ysgrifen: IDRIS MORGAN, *GLANHAWR SIMNAI.*

'Y . . .' meddai Aaron a Steph gyda'i gilydd. 'Ym . . . does 'na . . .'

'. . . ddim simnai angen ei llnau yma?' gwenodd y dyn yn llydan.

Gwenodd y ddau yn ôl, yn boléit.

'Rydw i wedi dod ag anrheg ichi!' pryfociodd y dyn, gan agor dau ddrws y fan. Ddigwyddodd dim byd am funud. Yna, tarodd ochr y fan yn galed â'i ddwrn. Syrthiodd cegau'r plant ar agor yn llydan fel ogof. Beth bynnag roedden nhw wedi'i ddisgwyl, nid hyn oedd o.

Neidiodd dwy ddafad allan. Am eiliad, safodd y ddwy yn hollol lonydd, eu pennau i lawr, a'u coesau'n syth. Ysgydwodd un ychydig ar ei chynffon. Yna, gyda rhyw naid frysiog, llamodd i gyfeiriad yr eithin. Dilynodd y llall hi. Diflannodd y ddwy o'r golwg i ganol y tyfiant. Heblaw am ryw ddyrnaid o lympiau bychain duon fel cyrens ar y tarmac, a phwll o rywbeth gwlyb wrth eu hymyl, doedd dim i ddangos iddyn nhw fod yno erioed.

Aeth y dyn i gau drysau'r fan. ''Rhen sglyfaethod budr!' grwgnachodd. 'Wedi baeddu llawr y fan—a 'mrwshys i. Gymerith hi hydoedd imi gael gwared o'r ogla . . .' Ac yn ddrwg ei hwyl cychwynnodd yn ôl at sedd y gyrrwr.

Llyncodd Aaron ei boer yn frysiog. 'Hei . . .' galwodd yn floesg, fel roedd y dyn yn cychwyn yr injan.

Stopiodd yntau yn ei unfan. 'Ie?' gofynnodd.

'Be am y defaid?' mynnodd Aaron gan godi'i lais uwchben sŵn yr injan. 'Pam ydach chi 'di dod â nhw i fan'ma . . ?'

Diffoddodd Idris Morgan beiriant y fan. Neidiodd allan ar wib.

'Dydach chi 'rioed yn meddwl mai fi *biau* nhw?'

Doedd o ddim yn siarad yn fygythiol. Ond roedd 'na rywbeth ynghylch yr olwg ar ei wyneb yrrodd rhyw ias i redeg i lawr asgwrn cefn y ddau.

'Ydach chi?' gofynnodd wedyn.

Feiddien nhw ddim dweud dim byd. Ond fe wnaethon nhw nodio'u pennau.

Pwysodd Idris ei gefn yn erbyn y fan. Plethodd ei freichiau a syllu arnyn nhw.

'Wela i ddim 'i fod o'n ddim o'ch busnas chi,' meddai o'r diwedd. 'Tir gwyllt ydi hwn. Tir pawb am wn i. Be ydach *chi'n* wneud yma, beth bynnag?'

Brysiodd y ddau i egluro, ac wedyn syrthiodd tawelwch drostyn nhw.

'Wel,' meddai fo, 'i chi gael deall, crwydro oedd y ddwy ddafad yna. Wn i ddim o ble daethon nhw, na phwy biau nhw. Ar ochr y ffordd oedden nhw, yn berygl i'r ceir ac iddyn nhw'u hunain—gwell porfa yno nag yn y cae lle roedden nhw, mae'n siŵr. Roeddwn i wedi'u gweld nhw o gwmpas y stryd lle rydw i'n byw. Ond wyddoch chi lle roedden nhw pan ddois i o 'ngwaith heno?' Arhosodd o ddim am ateb. 'Yn 'y ngardd *i*. A wyddoch chi beth oedden nhw wedi'i wneud?'

Arhosodd, ac edrych arnyn nhw, yn amlwg yn disgwyl ateb y tro hwn. Ysgydwodd y ddau eu pennau'n fud.

'Bwyta fy rhosod i. *Fy rhosod sioe i.* I GYD.'

'O'r petha bach!' meddai Steph. 'Mae'n rhaid eu bod nhw . . .'

'Wedi difetha i gyd, do wir,' gorffennodd y dyn ei brawddeg, gan edrych fel petai ar fin crio. Feiddiai'r plant ddim edrych ar ei gilydd. Roedd y peth mor ddoniol: y dyn yn poeni am ei rosod a nhw'n poeni am y defaid! Gwyddai Aaron yn iawn mai 'mae'n rhaid eu bod nhw ar lwgu,' roedd Steph am ei ddweud mewn gwirionedd. Trueni dros y defaid oedd ganddi hi, ac yntau.

'Allai'r defaid fod wedi cael eu lladd ar y ffordd,' meddai'n frysiog.

'Neu fod wedi achosi damwain ddifrifol,' brysiodd Steph i droi'r stori.

'Yn hollol,' cytunodd y dyn. 'Felly fedrwn i ddim eu troi nhw o 'ngardd i'r ffordd. Dyna pam dois i â nhw yma. Fyddan nhw'n fwy diogel. Ac fe fydd 'na fwy o dyfiant mewn lle gwyllt fel hwn iddyn nhw o hyn ymlaen, a hithau'n wanwyn. Siawns yr arhosith 'rhen gnafon bach yma yn lle mynd i greu hafog mewn gerddi. Wel, hwyl i chi'ch dau! Rhaid i mi fynd . . .' A throdd yn ôl tuag at y fan.

'Boi digon ffeind, chwarae teg,' meddai Aaron wrth wylio'r fan yn diflannu i fyny i'r ffordd fawr. 'Yn mynd i'r drafferth i ddod â nhw yma, beth bynnag,' eglurodd wrth weld Steph yn edrych yn ddigon amheus, 'i le mwy diogel nag ar y ffordd. I ble'r aethon nhw?'

Edrychodd y ddau o'u cwmpas, ond doedd dim golwg o'r defaid.

'Draw yn fan'cw maen nhw,' meddai Aaron. 'Ffordd acw mae Roli'n edrych.'

'Hei, Roli! Nid ci defaid wyt ti!' meddai Steph, wrth ei weld yn cychwyn ar hyd un o'r llwybrau.

'Wyt ti'n siŵr?' chwarddodd Aaron a galw ar Roli i ddod ato. 'Ella fod 'na waed ci defaid ynddo fo yn rhywle! Sut fath o gi wyt ti, Roli?'

Rowliodd Roli ar wastad ei gefn, yn symud ei bawennau yn yr awyr gan grefu arnyn nhw i gosi ei fol.

'Edrych arno fo,' meddai Aaron. 'Mae o fel petai'n reidio beic yn yr awyr.'

Chwarddodd Steph. 'Roli'n rowlio!' meddai hi cyn troi ar ei sawdl.

'Hei, lle ti'n mynd?' holodd Aaron.

Dilynodd Aaron hi i mewn i'r warws. Wrth fynd heibio'r ferlen rhwbiodd Steph ei thrwyn, ond diflannodd drwy'r drws bychan cyn i Aaron fedru holi rhagor. Arhosodd yntau yno'n gwylio Roli a'r ferlen: y ddau yn gwylio'i gilydd.

'Ydach chi am fod yn ffrindiau?' gofynnodd Aaron. 'Dwyt ti ddim wedi cyfarfod ceffyl o'r blaen, naddo Roli?'

Ysgydwodd Roli ei gynffon . . . heb dynnu ei lygaid oddi ar y ferlen. Plygodd hithau ei gwddf fel bod ei phen yn nes at y ddaear. Ymestynnodd yn nes at Roli ond tynnodd yn ôl yn sydyn, wedi dychryn. Steph oedd wedi rhuthro'n ôl a'r symudiad wedi codi braw ar y ferlen. Symudodd i'r ochr yn ddigon cyflym fyth.

'Edrych be ges i!' gwaeddodd Steph.

Chwifiai ddarn o raff las yn ei llaw. Darn gweddol hir, a hwnnw'n gylymau i gyd. Roedd ei bysedd wrthi'n brysur yn ceisio'u datod.

'Wyt ti'n meddwl y bydd o'n ddigon hir i wneud penffrwyn i'r ferlen?' gofynnodd. 'Mi ddangosodd un o'r genod yn y stablau imi sut i wneud. Wna i un . . . ac wedyn fedra i fynd â hon am dro.'

Doedd Aaron fawr callach. 'Ond i be?' gofynnodd.

'Ti'm yn deall, nac wyt?'

'Nac ydw,' cyfaddefodd Aaron.

'Os medra i roi penffrwyn arni, wedyn fedrwn i fynd â hi am dro ar hyd ochr y ffordd, lle mae 'na laswellt iawn yn tyfu. Nid hen beth sych fel sydd yn fan'ma. Fyddai 'na well gobaith iddi efo tipyn o fwyd da yn ei bol, byddai?'

Roedd Aaron yn wên o glust i glust. 'Steph!' meddai'n edmygus. 'Dyna be ydi brêns!'

Edrychodd hithau'n swil braidd am ei fod o'n ei chanmol. 'Hei! Edrych!' meddai'n sydyn.

Nodiodd ei phen gan edrych i rywle dros ysgwyddau Aaron. Trodd yntau a gweld pennau'r ddwy ddafad yn syllu'n fusneslyd rhwng yr eithin. Edrychodd y ddau arnynt heb ddweud dim byd am funud.

'Sali a Mali,' meddai Steph.

'Ia,' chwarddodd Aaron. 'Enwau da! A be ydi enw'r ferlen, felly?' gofynnodd yn slei.

Atebodd Steph ddim am funud.

'Mae ceffyl yn wahanol i ddefaid,' meddai o'r diwedd.

Doedd hi ddim yn egluro'i hun yn dda o gwbl, ond doedd dim rhaid iddi. Roedd Aaron yn deall yn iawn mai ofn mentro ei henwi oedd hi . . . rhag ofn iddi ei cholli.

14

'Mae o'n mynd fel y wennol!' meddai Yncl Neil yn fodlon. 'Be ydach chi'n feddwl ohono fo?'

'Ffantastig . . .' atebodd Steph ac Aaron o gefn y Mercedes mawr, moethus. Doedden nhw erioed wedi bod mewn car mor grand. Roedden nhw wedi synnu'n fawr gweld eu hewythr yn cyrraedd mewn car arian, anferth, yn debycach i awyren nag i gar! Roedd Mam wedi dychryn. Ofn fod ei brawd wedi gwneud rhywbeth hurt i gael gafael arno er mwyn mynd â nhw i weld Dad.

'Wedi cael ei fenthyg o am y diwrnod,' esboniodd Yncl Neil.

'*Cael* ac nid *cymryd* . . ?'

'Paid â bod fel'na!'

'Wel? Lle cest ti o, felly?'

'Y bobl 'ma dwi'n trin eu gardd nhw. Mae o wedi mynd yn rhy hen i yrru rŵan. Felly fi sy'n mynd â nhw i bobman. Gynigiodd o fenthyg y car imi pan eglurais pam na fyddwn i yno heddiw . . .'

'O!'

'Wyt ti'n fodlon rŵan?'

'Ydw.'

'Nid be wyt ti'n wybod ond pwy wyt ti'n 'nabod

sy'n bwysig!' broliodd Yncl Neil. 'Bod yn y lle iawn ar yr adeg iawn. Hwnna ydi o!'

Tynnodd ei law dde oddi ar y llyw a thapio ochr ei drwyn gan droi ei ben i gyfeiriad ei chwaer.

'Cadw dy lygaid ar y ffordd, y lembo!' gwaeddodd Mam.

Chwarddodd Yncl Neil. Llamodd y car yn ei flaen yn gyflymach. Tynnodd ei law chwith oddi ar lyw'r car er mwyn troi botwm ar y tu blaen. Ffrwydrodd miwsig uchel i ddyrnu a chwalu i bob cornel o bob cyfeiriad o'r car.

Yn y sedd gefn lydan, foethus, lle roedd hi'n eistedd mewn gwregys rhwng Steph ac Aaron, clapiodd Zoë ei dwylo dros ei chlustiau. Cododd Steph yn syth ar ei heistedd gan siglo a chodi ei breichiau, a symud hynny fedrai hi o'i choesau i wneud rhyw lun o ddawnsio i guriad y miwsig. Swatiodd Aaron yn ôl yn ei sedd, fel petai'n ceisio diflannu o'r golwg. Caeodd ei lygaid.

Meddwl am Dad oedd o. Fydden nhw'n ei weld o'n fuan. Dyna oedd wedi digwydd i Dad . . . syrthio i demtasiwn. Mynd i barti wnaeth o, ac yfed. Doedd o ddim wedi bwriadu yfed o gwbl gan ei fod yn gyrru adref, ond perswadiodd ei ffrindiau o i yfed. Roedd o am adael y tacsi yno a cherdded adref, ond crefodd rhywun arno i fynd â nhw adref am eu bod nhw'n byw yn rhy bell i gerdded. Cynnig dwywaith y pris arferol iddo am fynd â nhw . . . ond cafodd ei ddal gan yr heddlu, a dyna pam roedd Mam a Steph a Zoë ac yntau'n gorfod mynd ar hyd yr hen ffordd yma i'w weld yn y carchar . . .

Doedd Aaron ddim eisiau cyrraedd pen y daith. Roedd o wedi gwneud ei orau glas i gael peidio dod. Wedi meddwl am bob esgus dan haul—gêm bêl-droed, ei waith yn *Pets4u* . . .

Ond wrth weld wyneb blinedig ei fam, a'i llygaid ag ôl crio arnyn nhw, roedd yn rhaid i Aaron gyfaddef, a'i lais yn crynu, 'Dwi jest â marw eisio gweld Dad—ond mae'n gas gen i ei weld o yn yr hen le 'na,' snwffiodd.

Roedd Mam wedi cydio'n dynn amdano.

'Fel yna'n union dw innau'n teimlo hefyd,' meddai. 'Ond mi fydd ein gweld ni yn codi ei galon. Yn ei gadw i fynd.'

Roedd Aaron wedi ochneidio'n ddistaw bach. Yna roedd wedi codi'i ben ac edrych i fyw llygaid ei fam. 'Wrth gwrs y do i efo chi i weld Dad,' addawodd.

A dyna pam yr oedden nhw rŵan yn eistedd yn seddau moethus y Merc, yn gwibio i gyfeiriad Lerpwl.

Fel roedd y car moethus yn cyrraedd Lerpwl, a'r munud y bydden nhw'n gweld Dad yn dod yn nes ac yn nes, trodd Mam at Aaron a Steph. 'Fydd gynnoch chi'ch dau fwy i ddeud wrtho fo'r tro yma nag erioed, yn bydd?'

Doedden nhw ddim yn deall. Edrychodd y ddau ar ei gilydd ac wedyn arni hi.

'Y warws,' eglurodd hithau, 'lle rydach chi'ch dau yn byw ac yn bod. Yr anifeiliaid sy gynnoch chi yno. Dy hanes di efo'r ferlen 'na, Steph. A dy waith dithau yn *Pets4u*, Aaron. Mi fydd o wrth ei fodd yn clywed am hynny . . .'

Torrodd Yncl Neil ar ei thraws. 'Faswn i'n meddwl, wir! Ac yntau mor hoff o anifeiliaid! Wyt ti'n cofio sut bydda fo pan oedden ni'n blant, Nina?'

'Ydw'n iawn.'

'Be oedd o'n wneud?' gofynnodd Steph ac Aaron gyda'i gilydd.

'Byth a hefyd yn gofalu am ryw aderyn neu anifail neu drychfil. Bron â'n gyrru ni i gyd yn wirion.'

'Wyddwn i ddim,' meddai Aaron yn feddylgar iawn, 'fod Dad mor hoff o anifeiliaid pan oedd o'n hogyn.'

'Wrth gwrs ei fod o!' mynnodd Steph. 'Mi wyddost ti'n iawn mai fo ddaeth â Roli inni.'

'Ond wyddwn i ddim ei fod o mor hoff o bethau gwyllt.'

'Roedd Rhys bob amser yn gwybod be i'w wneud efo anifeiliaid,' meddai Yncl Neil. 'Roedd yn syndod mawr i mi nad aeth o i weithio efo nhw. Ti'n cofio'r ystlum hwnnw, Nina?'

'Nac ydw . . . dydw i ddim yn meddwl 'mod i . . .'

'Daeth rhai o'r plant o hyd i ystlum yn crogi ar wal yr ysgol, wrth ymyl y drws rhyw fore. Neb yn gwybod be i'w wneud. Yr athrawon yn meddwl ei fod yn sâl ac y byddai'n well mynd ag o at filfeddyg. Roedd Rhys yn danbaid. Dim ond gadael llonydd iddo oedd eisio, meddai fo. Roedd o'n berffaith ddiogel tan y nos. Wedyn byddai'n deffro ac yn hedfan i ffwrdd.'

'Oedd Dad yn iawn?'

'Oedd. Ffoniodd y prifathro filfeddyg a ddwedodd yntau'r un peth yn union.'

Roedd hi'n haws cerdded at ddrws yr ymwelwyr yn y carchar na'r un tro o'r blaen iddyn nhw fod yno. Y troeon cynt, llusgo'u traed roedd Steph ac Aaron. Y tro yma roedden nhw'n awyddus i gyrraedd y drysau-llithro mawr. Edrychodd y ddau ar ei gilydd yn ddiamynedd tra oedden nhw'n aros yn y rhes i'r peiriant pelydr-X dynnu eu lluniau. Roedd ganddyn nhw gymaint i'w ddweud wrth Dad!

Eisteddent i gyd o amgylch y bwrdd a'u llygaid ar y drws yn y pen draw, yn aros yn eiddgar iddo ddod i mewn i'r ystafell. Zoë oedd y gyntaf i redeg ato, a phan oedd hi'n hongian o amgylch ei wddw cofleidiodd Dad y ddau arall ac fe gadwon nhw'n glòs at ei ochr tra oedd o'n cael sws gan Mam.

'Wwwwww!' pryfociodd y ddau.

''Rhen gnafon!' dwrdiodd Mam, yn goch at ei chlustiau ond ddim yn flin chwaith.

'Mae gynnon ni newyddion iti, Dad!' meddai Steph ac Aaron ar draws ei gilydd, am y cyntaf i ddweud popeth wrtho.

'Mae gen i newyddion i chithau hefyd,' meddai Dad, ond wrandawodd neb arno'n iawn. Roedden nhw i gyd wrthi'n siarad ar draws ei gilydd ac roedd ei lais yn floesg, fel petai'n cael anhawster i siarad. Roedd o mor falch o'u gweld nhw!

Buan iawn y blinodd Zoë eistedd ar lin ei thad.

'Ty'd efo fi i wneud llun i Dad!' meddai Yncl Neil, a mynd â hi i'r ystafell deganau.

'Rydan ni wedi bod yn lwcus iawn yn cael benthyg y warws,' meddai Aaron wrth Dad, ar ôl i'w chwaer fach ddiflannu'n swnllyd drwy'r drws. 'Neu fyddai Roli wedi gorfod mynd i gartref cŵn nes cawn ni le arall i fyw.'

'Mae Roli wedi dioddef digon yn barod heb fynd i le felly,' atebodd Dad.

'Fasan nhw'n gofalu amdano fo yno,' mynnodd Mam. 'A fasa fo'n cael dod yn ôl aton ni pan gawn ni le arall i fyw.'

'Ond beth petai'r Cyngor yn ein rhoi ni mewn fflat?' dadleuodd Steph. 'Fyddai dim lle yno i gi mawr fel Roli, ac mae gynnon nhw reol "dim anifeiliaid" beth bynnag. Rydan ni wedi bod yn lwcus iawn yn cael defnyddio'r warws, Dad.'

'Ond am faint gewch chi ei gadw fo yno?'

Cododd Aaron ei ysgwyddau. 'Rhyw fis . . . dwi'n meddwl,' atebodd yn ofalus. 'Ddwedodd Yncl Pete mai'r Cyngor fyddai'n gyfrifol am y warws ar ôl i les y cwmni ddod i ben. Dydi o ddim yn meddwl y bydd neb yn trafferthu efo'r lle, nac efo'r tir gwyllt, am eu bod nhw mewn lle mor anghyfleus erbyn hyn ar ôl agor y ffordd osgoi newydd.'

'Felly rydan ni'n croesi'n bysedd y byddwn ni'n cael aros yn ddigon agos at y lle,' meddai Steph. 'Achos mae'r ferlen gynnon ni hefyd. A Sali a Mali.'

Gwelodd yr olwg syn ar wyneb ei thad.

'Dwy ddafad,' eglurodd cyn brysio i ddweud eu hanes nhw a'r ferlen wrtho.

'A rydw i'n gobeithio y bydd ble bynnag y byddwn ni'n byw yn ddigon agos at *Pets4u*,' meddai Aaron o waelod ei galon.

'Rwyt ti'n hoffi gweithio yno, felly?' gofynnodd Dad.

'Wrth fy modd,' gwenodd Aaron. 'Fi sy'n gyfrifol am yr anifeiliaid anwes i gyd yno rŵan.'

'Eu bwydo nhw a glanhau eu cewyll nhw?'

‘Wel, dydyn nhw ddim mewn cewyll a dweud y gwir. Tebycach i gorlannau, efo digon o le iddyn nhw symud o gwmpas. Ac mae pobl sydd eisio prynu cwningen neu fochyn cwta neu fochdew yn medru plygu dros y wifren i gydio ynddyn nhw.’

‘Wyt ti’n eu colli nhw pan fyddan nhw’n mynd i gartrefi newydd?’ gofynnodd Dad yn sydyn.

Nodiodd Aaron. Gwridodd fymryn bach hefyd. Doedd o ddim eisiau cyfaddef mor gas ganddo ar y cychwyn oedd cyrraedd yr archfarchnad gyda’r nos, mynd yn syth at y corlannau a gweld fod ambell anifail roedd o wedi dod yn hoff iawn ohono wedi mynd. Smwt, y gwningen fach ddu a gwyn honno, er enghraifft. Roedd hi wedi bod yno o’r adeg y dechreuodd weithio yno. Roedd hi wedi dod i adnabod sŵn ei lais o ac yn sboncio ato cyn gynted ag y byddai’n galw arni. Teimlai awydd crio pan welodd ei bod hi wedi cael ei gwerthu. Am funud neu dda, anghofiodd mai yn ystafell ymwelwyr y carchar yr oedd o . . .

Bechod na faswn i yma pan gafodd hi ei gwerthu, meddyliodd gan syllu’n ddigalon ar gorlan wag y gwningen. ’Sgwn i pwy brynodd hi? Faswn i wedi medru dweud wrthyn nhw gymaint mae hi’n hoffi’r bwyd arbennig dwi’n ei roi iddi.

Ond doedd o ddim haws â phensynnu.

'O! Wel . . .' meddai gan godi'i ysgwyddau. Yna i ffwrdd ag o i nôl brws a rhaw a brwsio'r gorlan yn lân cyn estyn bwced a mop, dŵr poeth a diheintydd i olchi pob modfedd ohoni rhag i'r anifeiliaid nesaf fyddai'n dod yno gael unrhyw haint. Roedd o wrthi'n golchi'r bowliau bwyd a'r poteli diod yn y sinc yn y cefn pan ddaeth Ms Dobson ato.

'Teimlo'n well rŵan?' gofynnodd yn glên. 'Sylwais i dy fod di'n edrych braidd yn bethma pan welaist ti'r lle gwag. Mae'n andros o anodd peidio mynd yn rhy hoff o'r creaduriaid 'ma. Ond mi ddoi di i arfer, coelia di fi!'

Doedd Aaron ddim wedi ei hateb. Daliodd ymlaen â'i waith, gan wrido rhyw fymryn bach.

'Gwranda, Aaron,' meddai Ms Dobson yn sydyn. 'Paid â bod cywilydd o sut wyt ti'n teimlo. Rydw i'n falch dy fod ti mor hoff o'r anifeiliaid yma. Dwi wedi bod yn cadw llygad arnat ti—rwyt ti'n weithiwr da. Pan fyddi di'n hŷn, hoffet ti weithio yma ar ambell ddydd Sadwrn a dydd Sul? Fedrwn i dalu iti erbyn hynny.'

'O! Mi faswn i wrth fy modd!'

Wedi iddi fynd, tra oedd o'n gorffen golchi'r llestri bwyd, cofiodd beth roedd Endaf, y clerc, wedi'i ddweud am Ms Dobson—mai person uchelgeisiol oedd hi, yn fodlon gwneud unrhyw beth i blesio'r Cyfarwyddwr.

'Dim ots gen i,' meddai wrtho'i hun yn benderfynol. 'Rydw i'n cael gwaith yma, a dwi wrth fy modd!'

'Dwi wedi dechrau arfer erbyn hyn efo'u colli nhw. Ac ella ca i fwy o waith yno,' dywedodd Aaron wrth ei dad.

'Da iawn ti!' canmolodd Dad. 'Beth amdanat ti, Steph; wyt tithau'n ffansïo joban yno hefyd?'

Ysgydwodd Steph ei phen. 'Fedran ni'n dau ddim mynd yno,' eglurodd. 'Neu fydden ni ddim yn medru mynd â Roli am dro. Mae'n ddigon drwg ei fod ar ei ben ei hun drwy'r dydd a'r nos. Taswn i ddim yno fyddai gynno fo ddim cwmni o gwbl. Ac mae'n rhaid i mi fynd â'r ferlen i bori ochrau'r ffyrdd. Na, mae Aaron a fi wedi cytuno . . .'

'Cytuno? Chi'ch dau? Fyddech chi'n arfer ffraeo fel ci a chath!'

'Dad! Dad! Choeli di byth! Mae Roli'n ffrindiau efo Herbert, cath y warws . . . A Dad . . . 'sgynnon ni ddim amser i ffraeo . . . rydan ni'n rhy brysur!'

'Mae'n amlwg fod pethau wedi newid yn arw! Go brin y bydda i'n eich 'nabod chi pan ddo i adre . . .'

Roedd hi'n ddigon swnllyd yn yr ystafell. Roedd hi'n llawn pobl, teuluoedd y carcharorion eraill i gyd yn brysur yn siarad a sŵn y plant bach yn gweiddi wrth chwarae efo'r teganau. Doedd hi ddim yn hawdd clywed pob gair oedd yn cael ei ddweud. Ond clywodd Mam beth ddywedodd Dad. Rhoddodd y mỳg plastig gwag o'i llaw ar y bwrdd. Cododd ei phen ac edrych arno.

'Adre? Pryd?' gofynnodd.

Ac am y tro cyntaf, sylwodd Steph ac Aaron fod Dad yn edrych yn debycach iddo fo'i hun. Cyn iddo ddod i'r hen le yma, ac edrych mor ddieithr yng ngwisg y carchar. Roedd yn wên o glust i glust—fel roedd o'n arfer bod erstalwm.

'Wyt ti wedi cael gwybod pa bryd?' holodd Mam yn daer wedyn.

'Mewn pythefnos!' atebodd Dad. 'Dim ond pythefnos!'

15

Sblish-sblosh, sblosh-sblish-sblash! Sblish-sblosh, sblosh-sblish-sblash! Symudai'r llafnau glaw yn ôl ac ymlaen yn ddiddiwedd ar draws ffenest flaen y Mercedes moethus.

'Ar ôl i ni gael newyddion mor dda rhaid inni ddathlu!' mynnodd Yncl Neil. 'Beth am fynd i McDonalds am bryd o fwyd?' A throdd oddi ar y ffordd tuag at y bwyty lliwgar, croesawgar.

'Ie! O ie!' gwaeddodd Aaron a Steph a Zoë.

Ar ôl dychwelyd i'r car, yn llawn dop o fyrgyrs, sglodion a phop, dechreuodd Aaron feddwl mor braf oedd gwybod na fyddai'n rhaid iddyn nhw *byth* fynd yn ôl i'r hen garchar 'na eto! Na fyddai'n rhaid iddyn nhw syllu ar wyneb gwelw Dad na'i weld yn gwisgo hen ddillad ddieithr. *Byth-byth-byth-eto!* Ond teimlai Aaron braidd yn bryderus hefyd wrth i'r car brysuro yn ei flaen.

'Bendith tad iti hogyn, paid ag edrych ar dy wats bob yn ail eiliad!' dwrdiodd Mam.

'Ym . . . ym . . . ofn bod yn hwyr ydw i . . .'

'Fyddwn ni'n ôl yn hen ddigon buan iti fynd i *Pets4u*. A chditha,' meddai wrth Steph, 'pam wyt ti mor aflonydd?'

'Meddwl am Roli ar ei ben ei hun drwy'r dydd ydw i.'

'Ro'n i'n meddwl ichi ddweud fod 'na gath yno?'

'Herbert.'

'Wel dyna ni. Dydi o ddim ar ei ben ei hun, felly.'

'Nac ydi,' meddai Aaron. 'Ond dydi Herbert yn fawr o gwmni iddo fo'n ddiweddar. Mae o wedi mynd yn andros o dew, yn tydi Steph?'

'Ydi. A diog.'

'Dydi o ddim eisio chwarae efo Roli fel fyddai o, dim ond cysgu a bwyta.'

'O ydi mae o—bore 'ma roedd o'n crwydro rownd y warws yn busnesu ym mhobman. Ond doedd o ddim wedi cyffwrdd ei fwyd pan o'n i'n gadael.'

'Herbert. Ddim yn bwyta? Wyt ti'n meddwl ei fod o'n sâl?'

Bellach roedden nhw wedi gadael y draffordd ac wedi cyrraedd cyrion y dref.

'Rydan ni bron iawn adref,' meddai Mam. 'A gobeithio na fyddwn ni ddim yn galw'r lle yma'n gartref yn hir iawn eto.'

'Lle wyt ti'n gobeithio y cewch chi fynd, Nina?' gofynnodd Yncl Neil, wrth godi Zoë allan o'r car yn ei freichiau.

'Cael aros yn y dre fyddai orau, yntê?' meddai Mam wrth Steph ac Aaron. 'Rydach chi'ch dau wedi setlo yn yr ysgol, a Zoë wedi dechrau gwneud ffrindiau yn y Cylch Meithrin, a finna wedi dod i nabod rhieni eraill.'

Edrychodd Steph ac Aaron ar ei gilydd yn bryderus cyn rhoi clep ar ddrws y car, croesi'r palmant a chychwyn i fyny'r grisiau llechen at y drws ffrynt. Roedden nhw wedi bod mor lwcus yn cael defnyddio'r warws i gadw Roli. Ond erbyn hyn roedd Herbert a'r ferlen ganddyn nhw, heb sôn am y ddwy ddafad, Sali a Mali. Ac roedd popeth yn gweithio'n dda—Aaron yn cael digon o fwyd i Roli a Herbert yn *Pets4u* ac wrth ei fodd yn gweithio yno. Ac roedd digon o laswellt ar ochrau llydan y ffyrdd pan âi Steph â'r ferlen am dro i bori.

'Mae'n iawn aros yn y dre,' meddai Aaron o dan ei wynt wrth Steph. 'Ond gobeithio i'r drefn y bydd y lle newydd yn ddigon cyfleus inni fedru mynd a dod yn hawdd i'r warws.'

Safodd pawb ar ben y grisiau wrth y drws ffrynt am funud, yn codi dwylo ar Yncl Neil.

'Diolch yn fawr! Hwyl! Welwn ni di'n fuan!' galwodd pawb ar draws ei gilydd tra oedd Mam yn chwilio am y goriad yn ei bag. Ar ôl agor y drws, cododd bentwr o lythyrau oddi ar y llawr. Aeth drwyddyn nhw fesul un, cyn eu gosod y naill ar ôl y llall wrth ymyl y ffôn ar y bwrdd bach yn y cyntedd ar gyfer pobl oedd allan ar y funud. Roedd un amlen yn dal i fod yn llaw Mam wrth iddi fynd ymlaen ar hyd y lobi i'r gegin.

'Rydan ni'n mynd i newid i'n hen ddillad, Mam!' galwodd Steph a brysio i fyny'r grisiau i'w hystafell. Roedd Aaron ar fin ei dilyn pan glywodd y ddau eu mam yn galw arnynt, 'Dowch yma am funud bach!'

Roedden nhw'n gallu gweld ar ei hwyneb hi ei bod wedi cynhyrfu.

Dad! meddyliodd Aaron yn syth bìn. Mae rhywbeth wedi digwydd! Dydi o ddim yn cael dod adref ymhen pythefnos wedi'r cyfan.

Suddodd ei galon, ond dywedai ei synnwyr cyffredin wrtho na fedrai'r llythyr oedd wedi bod yn gorwedd ar y mat o flaen y drws ers y bore fod yn dweud dim byd gwahanol ynghylch Dad. Newydd gyrraedd yn ôl o Lerpwl oedden nhw, yntê?

Cafodd gip sydyn ar wyneb Steph. Oedd hithau wedi meddwl 'run peth?

'Mam? Mam? Be sy?' gofynnodd yn bryderus. 'Ydi o'n newydd drwg?'

Synhwyrodd Zoë y tinc pryderus yn llais ei chwaer fawr. Bu'n ddiwrnod hir, blinedig, llawn cyffro i eneth fach. Doedd ryfedd ei bod hi'n teimlo'n biwis. Er nad oedd hi'n ddigon hen i ddeall yn iawn beth oedd yn digwydd, roedd hi wedi gallu synhwyro pryder pawb arall. Dechreuodd grio. Rhedodd at ei mam.

Cododd Mam Zoë ar ei braich. Sychodd ei dagrau a rhoi sws iddi. Cuddiodd Zoë ei hwyneb ar ysgwydd ei mam a thawelodd y sgrechian i ryw igian crio bychan, tawel.

'Wel . . .' meddai eu mam yn araf, gan ddal i syllu ar y papur yn ei llaw. '. . . Wn i ddim yn iawn ydi o'n newydd drwg ai peidio. Llythyr o'r Cyngor ydi o . . . ynglŷn â'n cartre . . .' ychwanegodd yn freuddwydiol.

'Lle mae o?' gofynnodd Aaron. 'Lle mae'r tŷ?'

'Fan'ma,' atebodd Mam, ei llais yr un mor syn o hyd.

'Diolch i'r drefn!' meddai Aaron o dan ei wynt. Wedi'r cyfan, os oedd y tŷ yn y dref, fe fedrai o ddal i fynd i *Pets4u* ac fe fyddai'r warws yn iawn am dipyn eto. Petai'r tŷ mewn pentref tu allan i'r dref byddai wedi canu arno.

'Pa ran?' holodd Steph. 'Pa ran o'r dref? Ydi o'n agos at yr ysgol?'

'Fan'ma,' meddai Mam wedyn. 'Wel, mae'n rhaid imi ddweud na feddyliais i 'rioed y byddai hyn yn digwydd.'

Edrychodd Steph ac Aaron ar ei gilydd yn gyflym. Beth oedd hi'n drio'i ddweud? Gollyngodd Mam y llythyr ar y bwrdd. Cydiodd yn dynnach yn Zoë a dechrau ei siglo hi'n ôl ac ymlaen yn ei breichiau fel yr arferai wneud pan oedd hi'n fabi. 'Mae'r cyngor yn cynnig i ni aros yn fan'ma, yn y tŷ yma . . .'

'Ond mae'r lloches yn cau!' meddai Steph.

'A phawb yn symud i'r lle newydd!' ychwanegodd Aaron.

'Ac felly fe fydd y tŷ yma'n wag. Dad a fi a chi'ch tri, ni ydi'r teulu mwyaf sydd ag angen cartref ar eu rhestr nhw. Felly rydan ni'n cael cynnig aros yma.'

'Roeddwn i'n meddwl eu bod nhw am dynnu'r tŷ i lawr?' meddai Steph.

'A'i fod o mewn lle rhy beryg,' meddai Aaron.

'Ddim mor beryg i un teulu ag i fflyd,' meddai Mam. 'Mi fydd yna lai o lawer o fynd a dod efo un teulu'n unig. Wel, be sy gynnoch chi i'w ddweud?'

'Aros yma am byth?' Fedrai Steph ddim cadw'r syndod o'i llais. Roedd y peth mor groes i bopeth ddywedwyd wrthyn nhw hyd yn hyn.

'Does 'na ddim "am byth",' meddai Mam. 'Ond mae'r llythyr yn sôn am gyfnod amhenodol, nes bydd y Cyngor wedi penderfynu beth fydd dyfodol y lle.'

'Felly . . .' meddai Steph yn araf, 'fyddwn ni ddim yn symud?'

'Na fyddwn.'

'A ni fydd yr unig deulu yma?' gofynnodd Aaron.

'Ie,' atebodd Mam.

Roedd angen tipyn o amser i ddygymod â'r syniad. Nhw, a dim ond y nhw yno. A Dad, wrth gwrs! Dim Kieran na'i fam na NEB. Dim Anti Menna nac Yncl Pete na NEB. NEB ond nhw! Byddai digon o le i'r tri phlentyn gael llofft bob un. Llofft i Dad a Mam. Ystafell molchi i Dad a Mam, ac ystafell molchi arall iddyn nhw ill tri. Digon o doiledau iddyn nhw gael un bob un! Ac ystafell gyfan i gadw'u teganau.

'Waw!' meddai Aaron yn ddistaw. '*Waw!*'

'Ac os mai dim ond y ni fydd yma . . .' meddai Steph.

'Mi fydd Roli . . .' meddai Aaron.

'Yn cael cysgu yn y tŷ efo ni!' gwaeddodd y ddau gyda'i gilydd. Roedden nhw'n gallu gweld Roli yn ei fasged wrth erchwyn y gwely, efo Steph un noson, efo Aaron y noson wedyn. Aros yn ei fasged yn ddel nes byddai Mam wedi mynd i'r gwely, ac wedyn yn sleifio i swatio o dan y dwfe efo nhw! Gwych!

'Yn y gegin olchi . . . nid yn y llofft,' meddai Mam, fel petai wedi medru darllen eu meddyliau nhw. 'Yr un rheolau yn union ag oedd adre . . . dydi ei hen bawennau blewog o ddim i fynd ar gyfyl y grisiau. Cofiwch!'

'Braf fydd hi, yntê Mam? Braf! Dim ond Dad a ni unwaith eto!' meddai Steph.

'O ie,' cytunodd Mam. 'Bendigedig!'

Dau newydd da mewn un diwrnod! Roedd yn anhygoel. Yn gwbl, gwbl anhygoel.

'Faswn i ddim balchach o fyw mewn hen le fel hwn,' wfftiodd mam Kieran pan ddaeth yn ôl ar bod yn chwarae bingo. 'Mae o'n rhy bell o lawer o ganol y dre gen i. Ond dyna ni, pawb at y peth y bo, mae'n siŵr.'

Wrandawodd Steph nac Aaron ddim arni hi. Doedden nhw ddim am adael iddi daflu dŵr oer ar eu brwdfrydedd nhw a difetha popeth.

'Wyt ti'n gwybod be?' meddai Steph fel roedden nhw'n rhedeg tuag at y warws. 'Hwn ydi'r diwrnod gorau ges i yn fy mywyd—ERIOED!'

'A finna hefyd.'

'Ie! Dau newydd da. DAU! Mi fydd popeth yn iawn am byth rŵan, efo Dad yn dod adre!'

'Bydd!'

'Hei!' meddai Steph, 'gaiff o weld y warws!'

'A fedra i fynd â fo i *Pets4u*.'

Roedden nhw o fewn tafliad carreg i'r warws. Stopiodd Steph yn stond. Hi oedd ar y blaen, a sglefriodd Aaron yn ei herbyn.

'Gwylia be wyt ti'n wneud!' galwodd yn bigog gan geisio peidio syrthio i ganol un o'r llwyni eithin pigog. 'Be sy'n bod arnat ti?'

'Hei!' meddai Steph, a chyfeirio'i phen tuag at y warws. 'Be ydi nacw? Nacw yn fan'cw?'

16

Rhedodd y ddau nerth eu traed i lawr ar hyd y llwybr a sglefrio stopio o flaen y warws. Dyna lle roedd o—hysbysfwrdd mawr coch gyda llythrennau gwyn, bras arno'n dweud: AR WERTH.

'Be wnawn ni?' llefodd Steph yn wyllt. 'O! Be wnawn ni? Fydd gynnon ddim lle i . . .'

'Ond dim ots!' gwaeddodd Aaron arni. 'Dwyt ti ddim yn deall? Dim ots o gwbl bod y warws ar werth. Fyddwn ni'n byw yn y lloches. Gaiff Roli fod efo ni . . . a Herbert . . .'

'Ond beth am Carla?'

'O! Mae hi wedi cael enw, felly?'

'Ydi siŵr!' atebodd Steph yn ddiamynedd. 'Ond dydw i ddim haws â bod wedi rhoi enw iddi. Cha i mo'i chadw hi . . .'

'Wela i ddim pam.'

'Ond chawn ni ddim dod i'r warws wedyn.'

'Mae'r tir gwyllt yn ddigon agos i'r lloches.'

Edrychodd Steph arno'n hurt. Yna, goleuodd ei hwyneb.

'Feddyliais i ddim!' meddai'n llawen. 'Rwyt ti'n iawn! Dim ots bod y lle'n cael ei werthu! Dim ots o gwbl! Ia-hwwwww!' bloeddiodd gan saethu ei dwrn i'r awyr cyn neidio i agor y drws.

'Roli!' galwodd. 'Roli!'

A daeth yntau, yn ysgwyd ei gynffon ac yn eu croesawu, ond nid ar gymaint o wib ag arfer chwaith.

'Haia, Roli! Haia!' meddai Aaron yn frysiog. 'Mae'n rhaid imi fynd, Steph. Dwi ddim eisio bod yn hwyr! Steph sy'n mynd â chdi am dro, Roli!' Ac i ffwrdd ag o.

Roedd hi'n llawn yn *Pets4u*, y tiliau i gyd ar agor a'r staff yn brysur gyda llond lle o gwsmeriaid. Oedodd am funud i daflu llygad sydyn dros yr hysbysebion. Oedd yno rai newydd angen eu teipio?

Erbyn hyn roedd ganddo ei ffordd ei hun o roi trefn arnyn nhw. Byddai pobl yn dod â'u hysbysebion wedi eu hysgrifennu ar ddarn o bapur, yn talu wrth y ddesg, a phwy bynnag oedd yno'n eu rhoi i fyny'n syth ar hysbysfwrdd y cyntedd, mewn lle amlwg i bawb fyddai'n dod i mewn ac yn mynd allan eu gweld. Ar ei ffordd i mewn bob pnawn byddai Aaron yn tynnu'r hysbysebion oedd wedi dod i mewn yn ystod y dydd, yn eu cadw yn ei boced tra byddai gyda'r anifeiliaid, ac yna'n mynd i ystafell Endaf i'w teipio a'u hargraffu ar y cyfrifiadur oedd yn cael ei gadw ar ei gyfer yn y gornel. Rhoddai'r hysbysebion newydd i fyny ar y bwrdd ar ei ffordd allan.

Dim ond un newydd oedd yno heddiw. Diolch byth! Llai o waith. A beth oedd o? Llonnodd drwyddo pan ddarllenodd yr ysgrifen flêr ar y darn papur budr yr olwg: Cwt cwningen. Cyflwr da ond angen ei drwsio. £10 yn unig. 10 Maes-y-Wern. Ffôn: 01979 828598.

Yr union beth roedd o eisiau. YR UNION BETH! A gwyddai lle roedd y cyfeiriad. Gallai alw yno ar ei ffordd adref o'r archfarchnad. Tynnodd yr hysbyseb i lawr a'i rhoi yn ei boced cyn mynd yn ei flaen. Fel roedd o'n mynd i lawr y llwybr i'r pen draw at yr anifeiliaid anwes clywodd rywun yn galw, 'Aaron!'

Trodd ei ben. Safai Endaf ar ben grisiau'r swyddfa. Cyfeiriodd ei fawd dros ei ysgwydd i gyfeiriad y drws y tu ôl iddo.

Pwyntiodd Aaron ei fys ato'i hun. 'Fi?' gofynnodd.

Nodiodd Endaf.

'Be wyt ti eisio?' gofynnodd Aaron, ar ôl iddo neidio i fyny fesul dwy ris ato.

'Nid fi. HI, Ms Dobson. Pwy arall?' wfftiodd Endaf, yn rowlio'i lygaid ac yn edrych ar y nenfwd.

'Eisio fy ngweld i?'

'Ar frys. Y munud yma. Wyddost ti fel mae hi, eisio gwneud popeth ddoe,' meddai Endaf yn ddigon sbeitlyd. 'Disgwyl imi adael pob dim arall a mynd i chwilio amdanat ti. Fy nefnyddio i fel gwas bach, fel arfer . . .'

'Ond pam?'

Cyn i Endaf gael cyfle i ateb agorodd drws y swyddfa a safai Ms Dobson yno.

'O!' meddai pan welodd hi Aaron. 'Yr union un roeddwn i eisio'i weld. Dowch i'm swyddfa i, y ddau ohonoch chi.'

Dilynodd Aaron hi drwy'r ystafell lle gweithiai Endaf i'w swyddfa hi.

'Eistedd yn fan'na,' meddai hi, 'tra bydda i'n cael gair efo Endaf.'

Eisteddodd Aaron ar y gadair wrth ei desg, a chamodd hithau at ei chadair droi-rownd fawr, ledr.

'Endaf,' meddai gan gydio mewn papurau oddi ar y ddesg, 'rydw i eisio i ti gysylltu â'r gwerthwr eiddo yma . . .'

Ond syrthiodd rhai o'r papurau o'i llaw a nofio i lawr dros y carped o amgylch traed Aaron. Cododd yntau'r munud hwnnw a'u casglu at ei gilydd. Taclusodd nhw, ac roedd ar fin eu trosglwyddo i Ms Dobson pan welodd yr un uchaf. Agorodd ei lygaid yn fawr fel soseri.

'Hei!' meddai'n uchel. 'Hei . . .'

Tawodd. Gwridodd at ei glustiau a brathu ei wefus isaf. Edrychodd i fyny ar Ms Dobson, yn nerfus braidd.

'Be sy'n bod?' gofynnodd hithau'n syn, gan ddal ei llaw allan yn barod i dderbyn y papurau. Roedd Endaf yn aros amdanynt, ond daliai Aaron ei afael ynddyn nhw, ei lygaid wedi eu hoelio arnyn nhw o hyd fel petai'n methu credu beth welai. Doedd dim hanner awr er pan oedd o wedi gweld arwydd mewn coch gyda llythrennau gwyn a'r union enw yna arno.

'Mae'n ddrwg gen i,' meddai'n gloff. 'Dwi'n gwybod na ddyliwn i ddim busnesu, ond doedd gen i ddim help imi weld, wir!'

'Iawn. Does neb yn gweld bai arnat ti. Ond be sy'n bod?'

'Y warws! Llun y warws sydd gynnoch chi'n fanna . . . y warws lle rydan ni'n cadw ein ci ni . . . ac anifeiliaid eraill hefyd . . .'

Methu'n glir â deall oedd o, pam yn y byd mawr roedd llun y warws ar ei desg hi. Daliodd Ms Dobson ei llaw allan a rhoddodd Aaron y papurau iddi. Rhoddodd hithau nhw i Endaf.

'Trefna imi fynd i weld yr eiddo yna,' meddai hi'n swta gan ddal y drws iddo fynd allan.

'Dydi o ddim yn gyfrinach,' meddai Ms Dobson, gan ddod i eistedd yr ochr arall i'r ddesg gyferbyn ag Aaron. Eisteddodd yn ôl a phwyso ei breichiau ar y gadair gan siglo'n araf o'r naill ochr i'r llall. 'Felly fe ddweda i wrthat ti pam rydw i eisio gweld dy warws di. Eisio lle heb fod yn rhy bell o'r archfarchnad yma ydw i, i'w ddatblygu fel rhyw fath o ganolfan yn gysylltiedig â *Pets4u* . . . lle y gallai plant ddod i weld ac i ddysgu am yr anifeiliad rydyn ni'n eu gwerthu.

Sylweddolais i'n fuan iawn ar ôl imi gael y swydd hon nad oes gan rai pobl ddim syniad sut i drin anifeiliaid . . .'

'Nac oes! O! Rydw i'n cytuno!' llefodd Aaron, gan gofio am Kieran a Liam. 'Rydw i'n 'nabod plant sy ddim yn sylweddoli eu bod nhw'n cam-drin anifeiliaid. Dydyn nhw erioed wedi arfer efo nhw . . .'

'Yn hollol,' torrodd Ms Dobson ar ei draws. 'Hynny fyddai prif amcan y ganolfan newydd. Ond hefyd mi hoffwn i weld is-adran o'r lle ar gyfer ambell anifail yma sydd ddim yn dda, ac angen lle i'w gadw nes bydd yn berffaith iach. Does dim hanner digon o le yma ar gyfer hynny.'

'Nac oes,' meddai Aaron yn gyffrous. 'Rydach chi'n iawn. Rydw i wedi sylwi hynny. A dweud y gwir . . .'

Tawodd. Edrychodd arni am funud heb ddweud dim. Doedd arno ddim eisiau iddi feddwl ei fod yn ddigywilydd.

'Cer yn dy flaen,' gorchmynnodd yn swta.

'Mae yna gwningen fach lwyd a gwyn . . . roedd fy chwaer fach i wedi dotio efo hi . . .'

'Y *chinchilla* fechan yn y cawell ar y dde?'

Nodiodd Aaron ei ben gan sylweddoli'n sydyn: Mae o'n wir, be mae Dylan a'r gweithwyr eraill yn ei ddweud. *Mae gan honna lygaid yn ei phen-ôl! Yn gwybod POB DIM sy'n digwydd yn y lle 'ma. Fetia i ei bod hi'n 'nabod pob fflipin llygoden!*

Clywsai bethau tebyg yn cael eu dweud yn aml am Ms Dobson ond, gan nad oedd o yno drwy'r dydd, doedd o ddim wedi sylweddoli hynny drosto'i hun. A chredai ei fod yn beth ardderchog. Byddai mor hawdd i reolwr fod yn y swyddfa drwy'r dydd, yn cymryd mwy o ddiddordeb yn y gwaith papur nag yn yr anifeiliaid.

'Y gwningen yna oedd y leiaf o'r criw, yntê?'

'Ie.'

'Dyna pam mae hi ar ôl, mae'n debyg. Neb ei heisio oherwydd . . .'

'Mi hoffwn i ei chael hi,' torrodd Aaron ar ei thraws. 'Roeddwn i am ofyn i chi am faint fyddech chi eisio imi weithio i'w phrynu hi . . . mae gen i ddigon o fwyd i Roli rŵan am sbel.'

Chwarddodd Ms Dobson. 'Dwyt ti ddim yn meddwl fod gen ti ddigon o anifeiliaid yn barod?'

'Nid i mi mae hi. Mae fy chwaer 'fenga i'n cael ei phen-blwydd yr wythnos nesa, a rydw i newydd weld cwt cwningen ail-law yn cael ei hysbysebu yn y cyntedd. Dim ond decpunt ydi o, medden nhw, am fod angen ei drwsio. Faswn i'n medru gwneud hynny fy hun, neu fasa Yncl Neil yn fy helpu i. Mae gan Steph a fi bron iawn ddigon o arian poced wedi ei cynilo. Gawn ni'r gweddill gan Mam.'

Cofiodd Aaron yn sydyn fod Ms Dobson wedi anfon amdano fo ac nad oedd o eto'n gwybod pam.

'O sori, roeddech chi eisio fy ngweld i?' holodd.

'Rwyt ti wedi ateb fy nghwestiwn i. Mynd i ofyn iti oeddwn i, gan na fedra i ddim talu iti am dy waith, oedd yna rywbeth arall oeddet ti eisio heblaw bwyd. Felly gei di'r gwningen fechan yna. Dydw i ddim yn meddwl ei bod hi'n hapus iawn ar y funud. Mae'n debyg ei bod hi'n colli'r lleill, ond dwi'n siŵr y bydd hi'n iawn pan gaiff hi fwy o sylw. Cyntaf yn y byd yr ei di â hi, gorau yn y byd. Mae angen y gornel ar gyfer y rhai nesa beth bynnag.'

'A' i â hi heno!' meddai Aaron, yn gyffro i gyd. 'Wnawn ni, fy chwaer a fi, gornel dros dro iddi yn y warws . . . nes bydda i wedi cael cyfle i holi ynghylch y cwt. Wedyn gaiff hi fod yng nghefn y tŷ. O! Gobeithio na fydd neb wedi ei brynu.' Byseddodd y darn papur yn ei boced.

'Diolch yn fawr i chi,' ychwanegodd yn frysiog gan godi ar ei draed a chychwyn o'r ystafell. 'Diolch yn fawr iawn.'

Heddiw, meddyliodd, ydi diwrnod gorau fy mywyd i *erioed*. Dad yn dod adref yn fuan. Cael aros ym Mryn Eithin. Cael y gwningen i Zoë . . .

Stopiodd yn sydyn. Trodd ac edrych i fyw llygaid Ms Dobson.

'Fydd *Pets4u* yn siŵr o brynu'r warws?' gofynnodd.

Daeth golwg benderfynol dros ei hwyneb. 'Fedra i ddim dweud yn bendant heb weld y lle drosof fy hun,' meddai. 'Ond mae o mewn lle delfrydol, efo'r tir gwyllt o'i amgylch o. Cyfle bendigedig i wneud gwaith cadwriaethol. A'r tŷ wedyn. Mae'r Cyngor Tref yn gwerthu'r cyfan. Efo'i gilydd neu ar wahân, yn ôl yr hysbyseb. Fydd hi ddim yn hawdd cael lle cystal. Felly, os ydi o'n rhywbeth tebyg i'r hyn mae'n swnio, fe fydda i'n argymell yn gryf iawn i'r Bwrdd Rheoli fod y cwmni'n ei brynu.'

Ar y ffordd adref, a'i law yn ei boced yn dynn am yr hysbyseb, meddyliodd Aaron am yr hyn roedd hi wedi'i ddweud. Cofiodd beth roedd Endaf wedi'i ddweud y tro cyntaf yr aeth i'r swyddfa.

Dim ots gen i pam mae hi'n gwneud hyn, meddyliodd. Jest *gobeithio* y caiff hi ei ffordd ei hun. A gobeithio fod Endaf yn iawn . . . ei bod hi'n cael ei ffordd ei hun bob amser.

Teimlai ychydig bach yn euog nad oedd wedi teipio'r hysbyseb a'i rhoi ar y bwrdd. Ond yng nghanol yr holl gyffro, roedd wedi anghofio. A doedd o ddim am fynd yn ôl yn un swydd i wneud . . . dim ac yntau eisio'r cwt cwningen ei hun!

17

Y diwrnod roedd Dad yn dod adref o'r carchar roedd pawb yn berwi o gyffro. Yncl Neil oedd yn mynd i'w nôl ac roedd pawb yn cadw llygad ar y cowt cefn, yn disgwyl i'r Mercedes crand gyrraedd. Roedden nhw wedi hongian balŵns wrth y giât, ac uwchben y drws roedd baner fawr yn dweud: CROESO ADREF, DAD!

Roedd Zoë wedi nôl Jini, y gwningen, o'i chawell ac yn awr tra oedd Zoë'n bwyta'i brecwast swatiai ar ei glin, ei thrwyn yn gryndod i gyd. O'i fasged yn y gornel gwyliai Roli hi.

Ar y dechrau roedden nhw'n ofni y byddai Roli'n brifo Jini. Roedd Aaron wedi cydio'n dynn iawn yn ei goler ac wedi ei rwystro rhag mynd yn agos ati. Ond y cyfan wnaeth Roli oedd sefyll yno gyda rhyw wên hurt ar ei wyneb yn ysgwyd ei gynffon yn araf.

'Dydi o ddim yn gwybod be ydi cwningen,' mynnodd Steph. 'Wnaiff o mo'i brifo, siŵr iawn.'

Erbyn hyn roedden nhw'n weddol sicr na fyddai'n ei brifo o fwriad, ond roedd ar Aaron ofn, petai o'n gweld Jini yn rhedeg ar wib, y byddai Roli'n neidio ac yn ei brifo heb fwriadu gwneud hynny. Felly fydden nhw byth yn gadael y ddau ar eu pennau eu hunain, na gyda Zoë chwaith.

‘’Sgwn i beth ddywedith Dad am Carla?’ gofynnodd Steph.

‘A Sali a Mali!’ chwarddodd Aaron. Yna brathodd ei wefus isaf, yn edrych braidd yn bryderus ond yn hanner chwerthin hefyd. ‘’Sgwn i be ddywedith o am Herbert?’

‘Herberta, ti’n feddwl!’ chwarddodd Steph, gan droi ei llygaid i edrych at y nenfwd.

‘Wfftio atoch chi’ch dau am fod mor dwp wnaiff o!’ atebodd Mam. ‘Dwi’n synnu atoch chi, ddim yn gwybod y gwahaniaeth rhwng cath fenyw a chath wryw!’

‘Ond Mam . . . Yncl Pete oedd wedi enwi’r gath . . .’

‘Wnaethon ni ddim meddwl . . .’

‘Ond roedden ni wedi sylwi ei bod hi wedi mynd yn dew . . .’

‘A Mam! Mae’r cathod bach yn ddigon o ryfeddod, newydd agor eu llygaid . . .’

‘Peidiwch chi hyd yn oed â meddwl dod â nhw i fan’ma . . .’

Ond ar hynny fflachiodd rhywbeth sgleiniog ar draws y ffenest o flaen y sinc. Sgrialodd cerrig mân o dan olwynion. Diffoddodd injan car.

‘Maen nhw yma!’ sylweddolodd Mam, a rhuthrodd pawb allan drwy’r drws fel roedd Dad yn dod allan o’r car. Lwc mwngrel oedd hi fod Aaron yn sefyll tu ôl i Zoë. Wedi dal yn ôl roedd o. Yn sydyn, wedi’r holl obeithio a dyheu am i Dad ddod adref, teimlai braidd yn swil ac yn chwithig.

Doedd Zoë ddim yn teimlo'n swil. Lledodd gwên fawr ar draws ei hwyneb y munud y gwelodd hi pwy oedd yno.

'Dad!' gwaeddodd yn llawen, a gollwng Jini o'i breichiau. Daliodd Aaron y gwningen fach cyn iddi ddisgyn.

'Ffliwc go iawn,' meddai wrtho'i hun gan sefyll yno yn tynnu'i law dros ben Jini. Roedd Zoë'n dal i hongian o amgylch gwddw Dad pan ruthrodd o a Steph ato. Cydiodd y tri ynddo'n dynn. Dyna falch oedden nhw a Mam o gael Dad yn ôl!

Ond dim ond am eiliad y buon nhw felly. Bu'n rhaid i Dad eu gollwng wrth i greadur mawr blewog, a hwnnw'n gwneud rhyw sŵn rhyfedd rhwng cyfarth ac udo, lanio arno. Roedd rhywbeth gwlyb, pinc, ffeind yn llyfu ei ddwylo, ei wddf a'i wyneb, a rhywbeth arall hir, blewog iawn yn chwyrlïo'n wyllt o'i gwmpas. Roedd yn gymaint ag y gallai Dad ei wneud i aros ar ei draed!

'Roli!' gwaeddodd yn falch.

'Mae'n amlwg fod Roli'n cofio pwy achubodd o!' meddai Steph.

Llanwodd llygaid Aaron. Llyncodd ei boer yn galed. 'Feddyliais i ddim . . .' meddai.

'Fod Roli hefyd wedi colli Dad . . .' ychwanegodd Steph gan snwffian.

'Doedd o ddim yn gallu dweud . . .'

'A ddaru ninnau ddim sylweddoli . . .'

Gwyliodd y ddau wrth i Roli rowlio ar wastad ei gefn ar y llawr a Dad ar ei bengliniau yn mwytho'i ben, yn cosi tu cefn i'w glustiau, yn rhwbio'i fol. A Roli wrth ei fodd, yn rowlio-rowlio-rowlio gan chwifio'i bawennau yn yr awyr.

'Roli!' chwarddodd Dad.

'Roli-Poli! Roli-Poli!' gwaeddodd Zoë.

Rhagor o storïau cyffrous
yng nghyfres

Anturiaethau am fachgen a'i deulu
sy'n mynd allan o'u ffordd i ofalu
am bob creadur byw

CARLA

Dan ofal caredig Steph mae Carla yn ferlen iach a hapus. Mae hi hefyd yn ennill ei chadw trwy gludo ymwelwyr mewn trap.

Ond pwy fu'n gyfrifol am ei throi'n rhydd i lwgu bron ar dir gwyllt? Mae'n rhaid i Steph ymchwilio i'w hanes. Beth petai hi'n colli Carla? Dyna beth sy'n poeni Steph yn ofnadwy. Beth petai pwy bynnag oedd biau'r ferlen yn ei hawlio hi'n ôl?

Mae gwaith ditectif Steph ac Aaron yn eu harwain at ddihiryn cas sy'n camdrin ceffylau. Beth allan nhw ei wneud i'w rwystro?